葉桑 著

浮雲千山

能言石傳奇之
遇見少年包青天

文壇才俊，好評追隨

推理文壇常青樹葉桑老師此次挑戰奇幻題材。閱讀的過程中總讓人禁不住連連驚嘆，劇情峰迴路轉之餘，又可見每個橋段間千絲萬縷的連繫。故事全程充滿著各種精細巧妙的結構，又能服貼地彼此相合，讀來渾然天成。

故事以紅樓夢的通靈寶玉啟作發想。從現代穿越回去古代，撞上了少年包青天，以此引出一場奇案推理。並以一群少男少女作為視點，不僅能見到大人所不能見的角度，也蘊含了成長的苦澀。

整體而言，故事中有奇幻、有武俠、有推理，又能將幾個迴異的元素融合為一體。不但充分展現作者對創作的游刃有餘，也讓人看見不一樣的葉桑。唯一相同的是，專屬於葉桑老師的優美文字和筆下柔情。

——楓雨，《伊卡洛斯的罪刑》作者

真心佩服葉桑老師的創作多元性！

原本我還沉浸在《窗簾後的眼睛》旎綺豔的舊金山，感嘆著都會男女的欲望無盡人心狡詐，驀然又被捲入《浮雲千山》的奇幻高遠，筆鋒立時一轉，勾勒一幅暗藏玄機的山水畫、一組真摯情誼的冒險小隊，由西方轉至東方，從濃彩換成淡描，如此截然迥異的兩種氛圍，只見老師嫻熟自如地營造與轉化，展現了深厚的寫作功力！

本書藉由一枚流轉千年的能言石，將聰穎的現代小女孩雪若與古代少年包青天、展昭等俠義人物巧妙串連起來，不僅有時間和空間的轉換，還有人身與狗身的質變，充滿想像力的架構下又怎麼少得了老師最擅長的推理過程，而關鍵的回程科技更涉及博大精深的五行理論，在精采的炫技高潮之後，為讀者留下餘韻無窮的伏筆……

——郭湘齡，瑞昇文化總編輯

看到是葉桑作品就認定是推理小說，一翻開內容就不得了。

這故事有著《紅樓夢》裡的通靈寶玉，還有酷似《回到未來》時空旅行的奇談，更有時下流行穿越轉生如《關於我轉生成為史萊姆這檔事》的戲碼。來到大名鼎鼎的包青天世界，在小狗視角下，觀察著包青天第一次審判的奇景，堪比《愛麗絲夢遊仙境》裡的奇妙旅程。

謎團是推理作家一貫的拿手好戲，搭配武俠小說裡力拔山兮氣蓋世的高手過招，細膩文筆營造的詩情畫意更添古典美感。如此豐富多元的故事元素，都糅合在這本《浮雲千山》，整篇故事妙趣橫生，絕無冷場，是葉桑創作生涯一大突破。

——牛小流，《藥師偵探事件簿：請聆聽藥盒的遺言》作者

葉桑爽朗又優雅地說要請我喝一杯。我禁不住好奇，便品嚐了起來。

最初感受到這紅茶香氣醇厚，像是細膩刻畫的刺繡，扎實又鮮明。原以為要開啟詩意般的武俠恩怨情仇，但是卻聞到豆蔻少女般地甜蜜香氣。緊接而來牛奶的口感，讓我掉入瑪奇朵似地奇想深淵。些許嬌辣的微韻，是薑和肉桂嗎？我隨著這杯魔法陶醉，穿梭了古今，經歷了冒險，顛覆了歷史，獨特的奶昔與茶香持續共舞著，像隻雀躍的小狗在味蕾上奔跑，這種感覺神奇到連石頭都會喊出聲。

看到我驚艷的表情，葉桑笑著回答我的疑惑：「Chai Latte，這杯是Chai Latte。」

我讚嘆：「喔，這不只是Chai Latte，我簡直喝盡了浮雲千山啊！」

——Neo，《漫漫搖滾路》作者

導讀

逍遙遊，摶扶搖直上九萬里——談葉桑的《浮雲千山》

推理、恐怖小說作家，評論家　既晴

二〇〇二年三月二日，「臺灣推理俱樂部」（Taiwan Detective Club）成立大會在中山大學舉行。這個透過網路串連、集結了創作者、評論家、資深讀者，純屬民間自立發起的交流聚會，即是多年後法人組織「臺灣推理作家協會」的前身。

作為初期推動者之一的我，最擔心的就是「把活動辦在高雄，到底會有多少人肯來？」遙想當年，高鐵尚未開通，南北往返並不如現在這麼方便。所幸，邀請的貴賓陸續到場，預定的活動也順利進行，讓人鬆一口氣。其中，令我特別感動的，是推理作家葉桑的蒞臨。

在我剛投身創作、才在《推理雜誌》上發表第一篇作品時，他不但已有著書十餘部、並持續在《推理雜誌》上密集發表新作，稱他是臺灣最負盛名的推理作家，決不為過。當時，我與葉桑其實只有一面之緣，要邀請家住桃園的他，舟車勞頓地跑一趟高雄，實難開口。沒想到，他不僅爽快地慨然應允，更同意在座談會上分享自己的創作經驗。席間，他鼓勵後進作家們努力創作，那番熱誠、懇切的語氣，至今仍記憶猶新。

隨後，葉桑又引介我認識了《推理雜誌》主編呂秋惠、其夫譯者林敏生，拓寬了我對臺灣推理發展過程的認知，也促使我在臺灣推理的道路上長期努力。令人更感動的是，作家協會年會、推理小說講座、新書發表會等，葉桑都盡可能抽空到場。他在創作的道路上持恆不懈，對於同在創作路上的其他人，他一樣無私地持恆支持。

葉桑創作產量驚人，長年以來，已經有諸多論述給予定評，因其文采瑰麗、情懷浪漫，用字遣詞纖細動人，素有「臺灣連城三紀彥」的雅譽。然而，儘管如此，若是回顧葉桑的創作生涯，依我個人觀點，約可概略分為三個時期。各時期的風格，仍然有所不同。

第一時期為出道期，始於一九八〇年代末。普遍而言，多數的臺灣推理作家，均需經過一段時間的探索、嘗試，才能逐漸建立風格。不過，葉桑的個人風格，卻是在創作初期即已確立。究其原因，應是他最早是以愛情小說《櫻吹雪》（一九八八）出道，文筆早已受過商業水準的鍛鍊，並非一開始就直接投入推理創作之故。

出道期的作品，是以他的愛情小說創作為基底，發展出刻畫人性中關於愛戀、情欲、怨懟、仇恨等「犯罪動機型」的推理小說。在這類作品中，葉桑並不刻意遵循推理小說的古典格式，而更強調犯罪心理的萌生、扭曲、掙扎，洋溢著淒美的悲劇色彩。初期幾部作品，如《黑色體香》（一九九〇）、《夢幻二重奏》（一九九〇）等，均屬於此類風格的典型作品。

這段時期，葉桑建立了筆下第一個系列，葉威廉探案。葉威廉是位翻譯家，精通多國語言、熱愛美食，與警界人士交好，經常接受警方諮詢。由帥哥警官陳皓提供他案情始末，與雜誌主編劉宜雯討論、激發靈感，三人連袂出擊，最終破解謎團，真相大白。

由於葉桑的文筆別具一格，故事佈局亦有獨特觀點，再加以創作速度快，使他出道後廣受注目。他以短篇〈玻璃鞋〉（一九八八）首次登上《推理雜誌》，同年，又發表第二篇〈再一次的死亡〉（一九八八），攻下第一屆林佛兒推理小說獎佳作；其後，再以〈遺忘的殺機〉（一九九一）獲得第三屆林佛兒推理小說獎首獎，這也是他「犯罪動機型」作品的顛峰作。

接著，至一九九〇年代前期，葉桑來到了創作生涯的精進期。他跳脫了出道時的唯美路線，轉往輕鬆、幽默的路線，創造了大學生小紀的校園探案。小紀就讀化學系，在校園裡總遇到離奇的命案，而他的機智、靈活，則是使案情水落石出的唯一鑰匙。小紀探案，沒有葉威廉探案般充滿複雜的心理糾葛，較重視犯罪詭計、機關的奇思妙想，屬於「犯罪手法型」的推理小說。這個系列，收錄於短篇集《顫抖的抛物線》（一九九三）。

此外，他也嘗試了冷硬派推理，創造了雅好作詩的「詩家偵探」黃敏家。黃敏家原本是個遠赴美國留學的臺灣人，因緣際會，浪跡到舊金山，竟然進了一家偵探社。這個系列，調性雖接近早期葉威廉探案的社會、人情路線，但由於故事舞臺在舊金山，洋溢著孤身一人的鄉愁感，而這位異國遊子，總是保持距離地觀察案件的發展，也使故事增添了更深沉的人文哲思。經過多年，這個系列終於成書，為《窗簾後的眼睛》（二〇一九）。

至一九九〇年代後半，葉桑暫時停筆。約莫同時，皇冠大眾小說獎、島田莊司獎接力取代了當時林佛兒推理小說獎已停辦的《推理雜誌》，臺灣推理也正式進入了「長篇創作時代」。而，葉桑的作品雖豐，當時並無長篇創作。

經過十餘年的發展，長篇推理已成為創作主流。《推理雜誌》業已休刊，僅存臺灣推理作家協會獎為新秀出道之門，短篇推理不再有恣意揮灑的舞臺。然而，葉桑依然未曾忘懷創作，他先是整理了舊作、又提筆寫新作，集結為《午後的克布藍士街》（二〇一六），為其短篇創作生涯的縱覽集成。

終於，葉桑進入了二〇一〇年代後半至今的成熟期。首先，他發表了首部長篇《夜色滾滾而來》（二〇一八），也是他創作生涯一個嶄新的里程碑；今年年初，他提到自己的最新長篇創作、也就是本書《浮雲千山》即將付梓，還告訴我，自從《黑色體香》開始創作推理小說以來，至今將屆三十年了。聽他一提，使我不由得驚覺，原來葉桑的作品，已經隨著臺灣推理的發展，陪伴臺灣的創作後進們三十年了。

《浮雲千山》是一本超乎我對推理小說的認知、無法歸類的殊異作品。我實在難以料想，這樣一部融合各式各樣的文學類型，既具古典文學的雅致、還有稗官野史的趣味、又有人形化物的巧思、繼而橫跨時空的創意，劇情裡充滿了大膽、破格、奇絕的設計，竟然出於一位推理前輩之手。

反覆琢磨、思索後，我才終於確信，本作可視為一塊能讓讀者「自我投射」的多角稜鏡。它不單只是呈現了作者複雜、多重的創作企圖，更映照了讀者對文學類型的理解。讀者之所以能在一部作品中發現某項類型元素的脈絡，是因為讀者曾經接觸過這項元素，於是，才能建立起脈絡的連結。

亦即，《浮雲千山》之所以超乎我對推理小說的認知，是因為我辨識出作中有推理小說的類型元素，然而，卻又遠遠不僅止於推理小說——在閱讀的過程中，我不斷發現，裡頭更有章回小說的敘事、奇幻小說的人物、冒險小說的情節……當你對各種小說文類接觸得愈多，就能在《浮雲千山》辨識出愈多，也愈訝於葉桑充滿實驗性的創作之筆。

《浮雲千山》應可解讀為一部葉桑寫給臺灣推理的「未來創作備忘錄」。他透過本書告訴我們，蒐羅、融合如此多元的類型要素，臺灣推理確實是能夠作得到的。

我不想引用曹操《龜雖壽》的「老驥伏櫪，志在千里」來作結，那感覺過於悲壯了；在這部「從心所欲，不逾矩」的作品中，更適合以莊子〈逍遙遊〉的「鵬之徙於南冥也，水擊三千里，摶扶搖而上者九萬里。」來形容吧！

目次

第一章　通靈寶玉

雪若是個非常喜歡胡思亂想的小女孩。七歲的時候就失去了媽媽，因此和爸爸相依為命。雪若的爸爸很喜歡讀古文、欣賞古畫、古董和研究五行之術。從小就十分聰明的雪若耳濡目染，小小年紀說話行事頗有古風。

爸爸是個花農，因此雪若總是會在課餘時間幫些忙。平時做些除草和澆水等簡單的活，採收時就負責修剪和包裝。雪若很謹慎仔細，修剪的花枝都非常整齊得宜，包裝的樣式雖然簡單，看起來卻很高雅大方，一點都看不出來是出自一個小女孩的手。

小小的花圃受到父女兩人精心的照顧，幾乎每天都會綻放出各式各樣、彩色繽紛的花朵，讓每一個路過的人都會停下來欣賞，甚至深深呼吸幾口芬芳的空氣。

當雪若十二歲生日的前一天深夜，聽到風吹進屋內，夾雜著哼哼嗯嗯的聲音。於是，被好奇心驅使的她，輕輕悄悄的下床，打開窗戶。只見月光下的百花，整齊劃一的擺動，好像數不清的小人兒在跳舞。或大如人頭、或小如指甲的花蕊，隨著晚風的旋律或高昂、或低垂、或左右旋轉，好像是在大合唱。雪若揉揉眼睛，確定自己是不是在作夢。

夜涼如水，月色皎潔。

客廳的掛鐘敲了十二響，雪若聽到低沉的聲音：生日快樂。

雪若以為是爸爸，回頭一看。房門緊閉，除了她之外，沒有別的人在房間裡。她痴痴笑了，覺得自己盼望生日禮物盼望到瘋了，以至於引起幻聽。

可是，接著又一聲：生日快樂。雪若聽得很清楚，確定不是幻聽。於是，她衝過去把房門打開，想一把抱住站在房門外的爸爸。可是沒有人，只有微弱的燈光，還有一屋子的寧靜。

雪若再回到窗邊，百花的舞姿美妙，沒有聲音的歌唱彷彿更令人陶醉。不但連夜鶯都停止唱歌，默默聆聽。甚至月亮也好奇地撥開雲層，聽得臉蛋都發射出聖潔的銀光。

當第三聲的生日快樂響起，早有心理準備的雪若立刻聽聲辨位，找出聲音的來源。原來聲音是她窗外下方的一塊大石頭。這塊石頭早在雪若出生之前就有了，材質溫潤如玉，佈滿青苔斑駁。平時閒來無聊的雪若時常會隔著窗戶，低下頭來看看那塊石頭，想像自己是天上的仙女，而那塊石頭就是地球。活動在上面的細小生物就是人間的象徵。

一向天不怕、地不怕的雪若大聲問道：「甚麼人？」

一陣低沉的聲音回答：「我不是人，我是石頭。」

「石頭？」

「是的，我是石頭！我的名字叫做『能言石』。」

「能言石？能夠說話的石頭嗎？」

「是的。」

雪若看見大石頭的上面緩緩出現一隻體型巨大的蚱蜢，雙手捧著一塊小石頭，慢慢地走過來。雪若伸出手指，小心翼翼地捏起蚱蜢遞過來的小石頭。能言石大約自己拇指的大小，普普通通，還沾著些許的泥土，貌不驚人。

「你怎麼會說話呢？你是妖怪，還是神仙？」雪若凝視著手掌心的小石頭。

「小姑娘，妳讀過紅樓夢嗎？」能言石在說話時，微微發亮，但是不容易被察覺。

「讀過啊！我幼稚園就看過兒童繪本，小學三年級就看過白話文本，現在正準備看原文版。」

「那不是原文版，不過不重要。給妳一個提示！第九十四回，失通靈寶玉知奇禍。」

「我知道了，你就是賈寶玉丟失掉的通靈寶玉。你怎麼會跑到我們家的花圃呢？然後，你怎麼變成這麼醜呢？」

「好聰明的小姑娘。可是，你的形容詞這麼尖酸刻薄。想當初，我在大觀園跟我的寶二爺過著榮華富貴的生活，後來淪落風塵，莫名其妙地混在一堆泥土裡，過幾年被沖入河床，過幾年被人挖去做蓋房子的材料。過幾年房子被拆掉，我又被運送去工廠，被烈火燃燒成玉石，掛在貴婦人的脖子上。有一天，她和一個年輕的帥哥跳下山崖自殺，然後……反正又經過了很多很多事情。不知過了幾年，我就和一些石頭，出現在臺灣東海岸的一個溪谷裡。令尊發現了我，就把我帶到這個可愛的花圃。我真是幸運啊！有這麼多美麗的花朵兒姊姊妹妹陪伴，讓我好像又回到大觀園。」

能言石很久沒說話，一下子說這麼多話，有點上氣接不住下氣。

「你慢慢說啦，反正時間很多。對了，平時你為甚麼不說話呢？」

「因為雪若的爸爸常常吟詩，被我聽見了。所以，我就不說話了。」

「我爸爸吟甚麼詩，讓你變成啞巴。」

「那首詩是：花能解語猶多事，石不能言最可人。」

「我聽過爸爸吟過這首詩。」

「我本來以為雪若的爸爸是我今生的主人，可是他喜歡解語花，不喜歡會說話的石頭。既然如此，我也不強求。只好繼續等下去，繼續等待我的主人。」

「了解！所以，我是你今生的主人？」

「是的，不管妳答不答應，妳就是！雪若姑娘。」

「為甚麼？」

「因為這是上天的安排，而且除了令尊和妳，已經沒有第三個選擇了。」

「那為甚麼今天晚上，你突然開口說話了？」

「因為今天是黃道吉日，又是妳的生日，所以我代表花圃裡的花草樹木跟妳說聲生日快樂，也感謝妳這麼多年的照顧。妳看它們正為妳表演歌舞呢！」

「我沒有照顧你呀！真的耶，好好看的花喔！平時，我都沒有注意，可惜聽不到它們的歌聲。」

「被你一說，我才想到還沒有送妳生日禮物。」

「送給我的生日禮物嗎？」

「是的，我把我自己送給妳。妳把我放在妳的耳朵邊，就可以聽見花兒的歌聲。還有，我只是屬於妳的，妳不可以把我們的祕密說給別人聽，否則從此以後，我就無法開口說話，變回原來的樣子了。」

雪若照著做，耳朵立刻響起她從來沒有聽過的美妙歌聲。扣人心弦的女低音是花圃中心的玫瑰，像小孩子般清脆的是牆角那一叢白茉莉，向日葵是熱情洋溢的男高音，老榕樹是吟唱詩人……。

聽著聽著，雪若就依靠著窗戶，不知不覺睡著了。

隔天，雪若把能言石做成一條項鍊，掛在脖子上。一有時間，若是四下無人，她們就會嘰嘰喳喳說個不停。有時候，雪若會忽然放空、然後忽然哭、忽然笑，原來是她在聽能言石所說的故事。

日子過了一些，從一小部分好奇的人到所有認識雪若的人都覺得很奇怪，原來活潑可愛、熱心與人說話和交朋友的小姑娘怎麼變成另外一個人呢？常常不理人地發呆或自言自語，好像和隱形人對話。後來，發展到甚至連學校的老師和同學都認為她精神異常。

能言石歷經萬年億載，豈止博學多聞，簡直是一部超巨大容量的電腦。雖然忘記了幾億萬分之一，也就是很多數據和資料不知被塞到哪個檔案，而哪個檔案又被存放到哪一個檔案裡。可是他仍然博學多聞，知道很多很多的事情，所以雪若自然而然也跟著博學多聞，知道很多很多的事情了。

雪若聽從能言石的建議，兩人的交談僅限於晚上睡覺之前的十分鐘。能言石還要求雪若刻意將功課保持在中上。為了避免不小心露餡，而被歧視和霸凌，能言石還為雪若找到了為何「判若兩人」的種種荒謬的理由。後來學校的老師和同學不再認為她是精神不正常，不再遠離她、孤立她。

雪若的爸爸不知道有能言石，既不追問功課一向優等的雪若，成績怎麼會直直落，也不逼迫雪若要用功讀書，讓她自由發展和學習。只是，有時候雪若一不小心表現出來的聰明和機智讓他驚訝不已，不過習慣成自然，也就見怪不怪。

雖然雪若隱藏得很好，還是無法瞞過朝夕相處的爸爸。於是帶她去醫院，請教兒童心理專家。雪若非常喜歡那位名字叫做吳雲的心理醫師。他是非洲裔的美國人，會講流利的中文，可是他的捲舌音老是不分，聽起來好好笑。雪若最喜歡看他捲成小圈圈的頭髮，黑白分明的眼睛，因為笑容而露出白燦燦的牙齒，就像故事書中的黑武士。

雪若在吳雲醫師親切和耐心下，終於說出了能言石的祕密。但是，吳雲醫師只是微笑聆聽，沒有大驚小怪、也沒有追根究底。第一次的問診過後，吳雲醫師就送了一本繪畫版的愛麗絲夢遊仙境給雪若，並且鼓勵她把幻想畫下來或寫下來。

雪若當天睡覺之前，把經過說給能言石聽。

「怎麼辦？我把我們的祕密說給別人聽了。」

「還好，妳是被誘發的。吳雲醫師那種心理醫生，我見多了。妳知道嗎？我曾經被一個我忘記名字的心理醫師，在歐羅巴……。」

「歐羅巴是甚麼東東？」

「那個時代叫歐羅巴，就是現在的歐洲啦。那個醫師發現我的功能，就把我做成催眠的器具，因為我會發出誘發人們睡眠、並不知不覺說出心中話的聲音。後來他把我弄丟了，只好用掛錶代替。後來，他那一學派的心理醫師就跟進使用。反正，你不用管那個吳雲醫師。他認為妳只是一個想像力豐富的小女孩，如果妳刻意欺騙他，反而不好。所以就順其自然吧！」

雪若習慣了那種定期到醫院的日子，反而有種放鬆的心情，生活累積了點點滴滴的小快樂。經過幾次交談和行為觀察，雪若被判斷並無異樣，只是豐富的想像力和知識超越常人。吳雲醫師判斷，這是家庭背景和教育方式，造就雪若喜歡閱讀的習慣。而累積了豐富的知識。至於想像力，那只能解釋成上帝的恩賜。但是為了避免走火入魔，吳雲醫師要求雪若定期門診。

常常出入醫院的雪若也認識了其他的醫師和科學家，他們讓雪若進入他們的實驗室。科學家的世界，她好喜歡那些亮亮的、重重的金屬儀器，排在實驗架上的各種藥品，她最喜歡那臺顯微鏡，細細長長的是大腸菌，髒水裡最多。圓圓的，一串串像葡萄的是金黃色葡萄球菌，它會使人拉肚子也會長膿，最可怕的是像逗點似的霍亂弧菌。

一個安靜的午後，雪若提早來到心理諮商室，聽到吳雲醫師和一個男性患者在說話。因為能言石的關係，兩人說話的聲音變成非常清晰，一個字、一個字落入雪若的耳朵。男性患者對吳雲醫師說，他在年輕的時候，有過時光旅行的經驗。喜歡聽故事的雪若就在心理諮商室外面的椅子坐下來。

「時空離合器？」

「是的！外星人給了我一只手錶大小的儀器，就是能夠讓我穿越時空、來去自如的時空離合器。」

「嗯！你繼續說。」

「那時候是我人生的最低潮，前途茫茫，我真的不知道該怎麼辦？要往哪裡去？我可不是徘徊在人生的十字路口，而是……唉！叫我從何說起呢？那個晚上，我正在讀《聊齋》。忽然心血來潮地往窗外望去，竟然看見一長隊伍的小小的黑衣人爬樓梯似地往上走。」

男人似乎等待吳雲醫師的發問，可是吳雲醫師要他繼續說下去。

「當時我忘了自己住在十六樓，就好奇地打開窗戶，然後排最後一個的跟了上去。上面是一個大飛碟，洞門大開，看起來就像開口大笑的南瓜燈。我們經過彎彎曲曲的走廊，然後進入一個銀色的大房間。看到四周奇奇怪怪的儀器時，我終於明白了到底是怎麼一回事。我的大呼小叫引起外星人的注意，他們發現犯了個天大的錯誤，把一個地球人帶回家。為了彌補，外星人給了我一只手錶大小的時空離合器，並指導我如何操作。可是宇宙有多大，時間有多長，我如何控制好那一點。孤注一擲吧！否則離地球的距離越遠、時間越長，回家的路就越艱辛困難。」

「後來呢？」

「也許我沒控制好或調整過頭，短暫一瞬間，我竟然是人在一億光年之外的某個空間，而且我看見從天空降下一個長翅膀的美男子。」

「天使？」

雪若猜想說故事的男人應該是點點頭。

「沒想到我竟然還活著，而且身處在一個宛如仙境的地方。好熟悉的美景，難道我飛入創世紀中的伊甸園嗎？那麼亞當和夏娃呢？」

「哇！不可思議。」

「長翅膀的美男子表示他並不是我們地球人口中的天使，而是住在離地球一億光年之遠的外星人，因為高科技，所以常常到地球旅遊，偶而也會見義勇為，或是和人類開個小玩笑。祂了解我的困難之後，就教我如何調整時空離合器，不至於失控落入浩瀚星海，這一回是巧合，下一回可沒那麼好。我痴痴地望著他的雙翼和頭上的光環，想開口要求他讓我留下來。可是，時空離合器已經轉動，我又失去了知覺。」

「後來你又去了哪個時空？」

「金字塔，還有一個埃及女奴偷偷跑來照顧我。」

「到底是怎麼一回事？」

「最先恢復的感覺竟然是各種椎心刺骨的痛。啊！我寧願永遠失去知覺。掙開雙眼，眼前有個清瘦的美麗少女，留著阿妹妹頭，穿著手染印花的棉衫，看見我醒過來，露出溫柔的微笑……莫非是武俠小說中的情節。藉助時空離合器的翻譯功能，我不但聽懂她的語言，並且很快地了解整個情況。原來，我是被法老王抓來建造金字塔的奴隸，禁不住連日的勞累，終於倒下來，於是被丟到石室裡來。她是女奴，不忍心我的遭遇，偷偷地跑來照顧我。望著室外的沙漠和人面獅身，鄉愁濃濃地圍繞著我，於是按下時空離合器。瞬間，我突然想起那位不知名的女奴，不就是我家壁飾上的埃及女郎嗎？」

「你要不要再來一杯水？你的聲音有些沙啞。」

「謝謝你，吳雲醫師。」

雪若等了大約兩分鐘，男人又繼續說：「再來就是發生在西元三千年，我發現自己全身落在成千成萬的蟑螂之中。一開始，我問自己這次又在哪裡呢？只見眼光觸及處，皆是垃圾和廢墟。難道我已回到故鄉，而降落的地方正是資源回收廠或是甚麼垃圾堆裡面嗎？且慢歡喜，因為週遭的垃圾並非我所熟悉，而且很多物品都是我不曾見過的。忽然，我的指尖摸到一隻……，不，兩隻……，不……我全身落在成千成萬的蟑螂之中。」

「太可怕了！」

「我靈機一動，利用時空離合器將我的驚呼和疑惑翻譯給那些蟑螂聽，於是牠們回答：現在是西元三千年，由於早在一千年前，人類不懂環保，把地球蹂躪成一粒爛蘋果，蟑螂一族就是僅存的生物。當祂們開始侵犯我的肉體，顧不及天使般外星人的指導，我死命地按下時空離合器，一心一意只想離開這夢魘般的地方。」

「有脫離險境嗎？」

「有驚無險。依據我的判斷，時空離合器的指針被掉轉過頭，所以我掉入只有水氣和岩石的無機物時代。你了解嗎？吳雲醫師。」

「了解，就是沒有任何生物的地球。」

「周圍靜得使我耳膜微微發痛。於是我決定好好來研究這只時空離合器的功能，以便趕緊結束這穿梭時空的旅行。想到這裡，我的肚子突然痛起來，是不是那位埃及女奴給我吃了甚麼奇怪的食物，還是被蟑螂感染了病毒。稀哩嘩啦地拉了一堆之後，感到通體舒暢，然後按下時空離合器，開始另一次的時空之旅。」

「天哪！」

「就在啟程之際，有個可怕的念頭掉入我的腦海，依據達爾文的進化論，人類是從單細胞生物演化而來，而我那一堆充滿細菌的大便，在這尚未有生命出現的洪荒大地，將會改變甚麼樣的章節故事呢？唉呀！難道以後的人類都是……演變而成的嗎？罪過！罪過！我不敢再往下想。」

「沒有比較浪漫的嗎？」

「有啊！長恨歌的祕密，還有我將楊貴妃的一縷芳魂喚回人間。」

聽到長恨歌和楊貴妃，雪若不由自主露出一抹微笑，耳邊繼續縈繞著男人充滿喜悅的聲音。

「終於如願來到唐朝，中國歷史上最金碧輝煌的一頁。終於看見了重色思傾國的唐明皇，也看見了天生麗質難自棄的楊貴妃。只是，她已經不再回眸一笑百媚生，而是宛轉蛾眉馬前死。當亂軍散去，我夾在幾個楊貴妃的親信之中，跑去馬嵬坡收屍。沒想到，被我發現她還有幽幽一息，幸好我略懂醫術，先施以心肺復甦術，然後不停地做人工呼吸，終於將她的一縷芳魂喚回人間。」

「你真是無所不行。」

男人似乎沒有聽出吳雲醫師的話中，再明顯不過的諷刺。

「楊貴妃調養期間，眾人認為中原不能再留下來，因為連皇帝都自身難保。我建議他們不妨到日本去。後來在一個偶然的機會，我遇見了香山居士白居易，反正事過境遷，就告訴他這個祕密，激發了他的靈感，寫下了那首千古絕唱『長恨歌』，其實我就是詩中的臨邛道士鴻都客。」

吳雲醫師顯然不了解這段歷史，因此不加任何評論。

「我記得你很喜歡日本，你沒有利用時光離合器去你喜歡的富士山嗎？」

「當然有啊！我望著美麗與哀愁的富士山，雨後的櫻色隨著煙嵐溶在溫泉鄉的月光下，一個醉態可掬的男人，哼著小調，向我走來。憑著時空離合器的功能，我知道他是創作日本民謠的弘田竜太郎。他告訴我，他正在寫一首有關《浜千鳥》的歌謠，萬事皆備，只欠一開始的旋律。我望著露濕胭脂初透的櫻花，迷濛的荒城之月，不由的哼唱起我最愛的一首老歌『明月上高樓』。想不到弘田先生大為激賞，要求我把第一句的旋律讓渡給他使用。混亂之中，我忘了誰是『明月上高樓』的作曲者，也忘了所謂的『智慧財產權』，迷迷糊糊地答應了。」

「那……你沒去歐洲嗎？」

「我去日本是和音樂有關，我去歐洲則是和美術有關。」

「你真是無所不知。」

男人這次有聽出吳雲醫師話中的諷刺，不過，似乎不以為意。

「我去了好多地方，不過我先講我在荷蘭的奇遇吧！」

「哦！」

「我悠閒地漫步在阿姆斯特丹街道，不經意地發現一塊招牌——林布蘭肖像畫館。我曾經在臺北美術館聽過專家的演講，所以知道林布蘭這號人物。」

雪若沒有聽出男人說話中，時態出現嚴重的矛盾。

「於是，我進入畫館，要求他替我畫一畫。畫家以忙碌為由，拒絕了我。我探頭探腦，看見他正在畫那幅被後人捧上天的夜巡圖。當我說出我的看法時，林布蘭笑著說，那是在日間，不是在夜間。我發現畫家持才傲物，或許天才之所以是天才，就是如此吧！後來，他還是聽從我的建議，再畫了構圖清楚、表情豐富的（五軍官），終於得到一大筆酬金。那個時候，我已經不在荷蘭了。」

「你就不要再說你的遊記了！是不是有一些比較特殊或難忘的經驗？」

「好，那我就說我與愛因斯坦面對面地討論時空離合器。不同於以往，對於我的突然出現，眼前的老人沒有絲毫驚慌的樣子，僅僅以他那充滿智慧和威嚴的眸子瞪著我，他就是正在寫信給美國總統的愛因斯坦。當他聽完我的經歷，頹然想撕去信紙，信紙上正寫著關於相對論的公式，沒有任何速度能夠超過光速，而我的出現粉碎了他的理論。」

「哇，我的基督耶穌！」

「我苦苦相勸，不同時代有不同的觀點，而且沒有這則公式，就無法製造原子彈，沒有原子彈就阻止不了第二次世界大戰。大師終於被我說服，但是省卻密密麻麻的說明，只留下那一則眾人皆知的公式。他理所當然地要求我，把時空離合器讓他研究。把弄一番之後，他神情凝重地告訴我，時空離合器的能源快要沒有了，只供一次的時空之旅，他要我立刻做最後的選擇。到底是要以我的知識和見聞，留下來當個改變歷史的人物，還是飛向未來的未來，享受天堂般的新生活，或是……。」

「結果，你還是決定回來當原來平凡的自己。喔！不，你一點也不平凡，你的想像力如此豐富。」

「雖然這裡空氣汙濁，交通混亂，還有種種令人討厭的地方，甚至不管精神上或是物質上的壓力都讓人喘不過氣來。可是，總有一些割捨不下的情緒。回家的感覺愈來愈濃，雖然是Home

Sweet Home，不過依然有些遺憾，無法協助荊軻刺死秦始皇、解救岳飛、文天祥……甚至親訪孔老夫子。想著想著……幾乎超前一步而錯過家門。當我即時煞車時，忍不住再凝眸遠望一番，那是西元二〇二三年中旬，第一屆全球華語推理小說獎正在臺北舉行頒獎典禮，榮獲首獎的作家竟然是來自臺灣的……。」

雪若想聽清楚一點，卻被吳雲醫師的咳嗽聲掩蓋，接著下來就是無聊透頂的醫囑。雪若摸著頸間的能言石，男性患者的故事深深地烙印在她的腦子裡，想忘也忘不了。

雪若家的客廳掛了一幅古畫。畫的是一座雄壯的大山，山前有個村落。山明水秀、風景明媚，望眼處楊柳依依、桃杏爭春，還有一片綿延的瓜田，讓看畫的人好不心曠神怡。裡面還有好多人物，有的耕田種菜、有的煮飯洗衣，一副安居樂業的太平景象。屋子裡有十多個人，分別是一對端坐的老夫婦，左右站著兩對比較年輕的夫婦。從表情神態看來，右邊的夫婦光明正派，左邊的夫婦看起來陰險無比，旁邊圍繞著奴才丫環。從屋後的柱子伸出上半個身子，是一個毛髮旺盛的凶惡漢子，手握著掛著九枚鈴鐺，刻著青龍的大刀，顯然不懷好意。另外在大山的半山腰露出一點點的樓宇，黃色的屋簷、白色的牆壁，非常富麗堂皇。雲霧飄渺中，畫家似乎是用金漆畫了一座尖尖的寶塔。仔細一看，塔尖似乎有一條小小的裂痕，往天空延伸而去，好像一座深入天空的階梯。

雪若的爸爸說這幅畫是不小心在骨董店發現的，因為古畫的上款寫著雪若，下款寫著廬洲合肥黑子。因為有著雪若兩個字，覺得既有緣、又有趣，所以就買回來，掛在客廳的牆上欣賞。

那幅圖畫，雖然古意盎然，但是除了落款，上面還有幾行字。雪若的爸爸說因為那些字跡根本就是現代人寫的，所以顯然是仿古的國畫，沒甚麼價值，也沒有請專家鑑定。

記得當時明月，獨自天涯消瘦；
不見青山隱隱，且聽綠水悠悠。
三聲嘆兩分情，一滴淚半分愁；
回首燈火闌珊，依然恨鎖重樓。
今夜春歸何處，明朝寂寞沙洲；
金風玉露相逢，夢魂已過黃昏後。

畫中還有其他景致，最讓雪若著迷的是三個小男童。第一個是青衣小男童帶著一隻花狗在池塘邊玩耍，旁邊飛舞著一雙大大的蝴蝶。第二個是長的很清秀的白衣小童，他掩著鼻子和一名高大的男子在山坡上放風箏。後面跟著一位神色慌張的美貌婦人。

另外，古畫的最邊邊，深山的角落裡有塊大石頭，上面坐著一白衣男子和一黑衣童子。畫家不知道為甚麼要把兩人的面孔塗的烏七八黑。這是畫中左下方，和其他部分相較起來，非常陰暗和神祕，好像是畫家來不及完成的草圖，又像是刻意忽略了修圖和潤色，不過卻是雪若最感興趣的部分。

某一天的下午，雪若指著畫中那個像鬼怪的黝黑男人，問道：「這個是人，還是鬼？石頭哥哥。」
「他是人。」
「他長得很像吳雲醫師喔！都是黑黑的，穿著白色的衣服。」
「嗯！他是來自遙遠的血沙漠，江湖中人都尊稱他黑白雙心魔。」
當能言石一開口說故事，雪若立刻深深入迷。
「吳雲醫師是非裔的美國人，所以血沙漠是不是非洲的大沙漠呢？」
「有可能，不過那不是重點。」能言石接著說：「一千多年前，在遙遠的邊疆。沙塵如血、漠漠天涯。有一群遊牧民族，他們逐水草而居。其中一支民族，因為族長智勇皆修，文武雙全，加上寬懷仁心，信守承諾，所以逐漸壯大。族長有三個兒子，除了最小的之外，其餘都是虎父虎子，甚至有青出於藍，更甚於藍的潛力。主要是小兒子生下來就帶有一種特異的體質，他的膚色會隨著月圓月缺而變化。因為這特異的體質，大家都叫他古魯梅達，依該民族的語文翻譯過來，就是「黑白轉變」的意思。除了這種特異的體質外，古魯梅達和其他沙漠民族的小孩並無兩樣。十二歲那年，在某次沙漠風暴時，古魯梅達的身體由於月蝕而轉化成純黑，而被眾人忽略。加上他自己又在睡夢中，無法和族人一起逃命，以至於被風沙吞沒。」
「不幸中的大幸是古魯梅達正處於宛若蛇類的冬眠狀態，所以整個人就像水浪上的浮草，隨風暴飄送，然後陷入流沙，掉入一處由黑色微晶物質所凝結而成的地底洞，也是西方傳說中，硫磺和火焰之地，也是基督教聖經所記載，天神懲罰罪人，審判靈魂的所在。」
「古魯梅達雖然毫髮無傷，卻是無處可逃，因為洞口離地面足足有百人相疊之高。痛定思痛，他便從此天天喝著從晶壁滲出的水露和一些發出異香的草類過活，時時看著從洞口射進來的天光和反射的七彩光譜所交織的幻影，然後不知不覺過了數十年的光陰。」

「彷彿被囚在地底洞的他，望著洞口，起先只無聊地看著流雲和晶壁的變化，看到後來，天資聰穎的他竟然有所頓悟，修練出一身武藝。其實不只是武藝，甚至能夠了解遠近各方，無奇不有的人情世故。」

雪若隨著能言石的訴說，想像著古魯梅達的生活和心境。但是想一想，又覺得不對，插嘴道：「石頭哥哥，你在編小說吧！」

「沒有啊！」

「可是，你說的好像你人在現場。」

「是啊！我不是『人』在現場，是『石頭』在現場。我因為一場浩劫，被烈火融入地底洞的晶壁。但是我太與眾不同，我的表面流動著彩虹的光澤，特別顯眼。古魯梅達把我從晶壁上挖下來，竟然發現透過我，可以看很遠的東西。然後，他又發現了我會說話。」

雪若立刻把能言石拿下來探索一番，失望地說：「沒有啊！你沒有望遠鏡的功能。」

「我的好姑娘啊！我的身體會經過時間和環境的變化而改變，所以我的功能也會跟著改變。」

「是這樣啊！所以，當時你不但是能言石，也是一枚望遠石。」雪若覺得非常有趣。

「豈止能言、望遠，透過我還可以看見妖怪的原形。」

「照妖鏡！不、是照妖石，真是太厲害了。」

「不過，我需要主人的開發。資質不同，便會展現不同的功能。我也有遇過愚昧的主人，把我當廢材。例如賈寶玉只把我當作一塊沒甚麼了不起的玉石，為了他的林妹妹，還生氣地把我摔在地上，後來竟然還把我搞丟了。我們之間的情緣一斷，他就失去了原來的天真和對生命的熱情和希望。」

「你講得太複雜了，我不了解。只是但願我不是你所說的廢材。所以那個古魯梅達的生活就不寂寞了，好像天天在上網。」

「他成了我的主人，我們一起說話解悶，一起生活。我把我的經歷跟他說，藉著我，那洞口的流雲給他綺麗的幻想，變幻無窮的姿態，無形中給了他武學的啟示。」

雪若的雙眼閃爍著星光，雙手托腮的呢喃：「好魔幻喔！就像現在的我們。」

「嗯！」能言石繼續說：「我不敢居功。而是四季的輪替，日夜消長，日月星辰，教育了他對大自然的學習，因此體悟了人生的哲理。」

「古魯梅達來自沙漠的遊牧民族，自小見多了海市蜃樓，所以當洞口的天光映在洞內的晶壁時，所展現出來的影像畫面時，他知道那是洞外世界某個地方，某人所發生的某件事。但是……。」

雪若聽不懂其中的道理，沉迷在自己的遐思。

「有陰必有陽，有正也有負，這是大自然界必然存在的法則。人生也是如此，雖然洞中歲月既充實又豐富。也不愁衣食，因為洞內恒溫，不懼風雨寒暑。沙漠定期的風暴，會把一些牛羊捲進洞窟裡面，晶壁滲出的水露和豐富的植物，也供他身體所需的營養。但是隨著年長，我跟他說這水露含有某種特質，如果在體內累積到某種含量，就會死亡。我估計如果照他所服食的劑量來計算，他將不久於人世。除了健康因素之外，我鼓勵他不可以甘於平凡的日子。於是，他決定再見天日。事實也證明他成功了。我啊！當然功不可沒。」

「我知道你最厲害了，石頭哥哥。後來古魯梅達為甚麼會成為當時的武林第一高手？還有為甚麼會有黑白雙心魔這個封號？」

「有關成為武林第一高手，說來話長，一時間也無法交代清楚。黑白是因為膚色的變化，雙心是因為他常常和我對話，他人誤以為他自說自話，尤其是當他施展武功，為了聽取我的意見，那情形更是明顯嚴重。好事之徒就傳言他有兩顆心，比常人更厲害。魔嘛！反正他也不像是個正人君子。所以，黑白雙心魔這個封號就是這個由來。」

雪若覺得當時的人未免太大驚小怪，現在的人不論何時何地，不都是在喃喃自語嗎？她忽然覺得能言石不就是具有超級功能的智慧型手機嗎？會不會是外星人的3C產品。

「後來呢？」

能言石的聲音有些顫抖，說：「閒話少說，我直接陳述這幅古畫的內容。他帶了我，費盡心機，來到南方。恰巧路過錦屏山時，看見有個人揹著茶葉簍子，鬼鬼祟祟走進樹林。黑白雙心魔便跟了過去，原來茶葉簍子裡裝著小嬰孩。只見奸人把小嬰孩丟棄路旁，眼看小嬰孩就要慘遭毒手，他心生一計，撥動草叢，同時學那老虎吼叫。一則月黑風高，二則作賊心虛，那奸人不知有詐，嚇得拔腿就跑。」

「黑白雙心魔為甚麼不一刀殺死奸人？」

「那奸人顯然不是一個習武之人，殺了他有違武德。何況殺了他，勢必多惹事端，有違他的行事風格。所以救人優先。」

「後來呢？」

能言石忽然發出神祕而曖昧的笑聲，詭異的說：「我們這樣說，一年也說不完。你要學習我以往的那些聰明的主人，好比我剛才提到的黑白雙心魔，發現我特殊的功能。透過特殊功能，妳可以看出或讀出你想要知道的事情，這種理論就像是吉普賽人和他們的水晶球。不過有一個原則，一定要我經歷過或我知道的事情。如果你願意的話，你甚至可以藉著我進入他人的夢境或回憶。」

「哇塞，這太酷了！」

「如果妳願意學習，是件好事。不過我發現，因為妳太愛賣弄了，似乎已經引起一些好事之徒的懷疑，如果讓吳雲醫師或其他的人發現真相的話，就糟糕了。為了避免不必要的事端，我們暫時不要說話。妳也利用這段時間學習如何內斂、沉澱自己，這就是所謂的修身養性，只能體會、不可言傳。」

雪若本來以為能言石只是說說而已，沒想到真的就不再說話。回歸正常而平淡的生活，讀完紅樓夢的雪若又開始翻閱父親收藏的書籍。其中最令她著迷的是清朝石玉崐所寫的七俠五義。

當她讀到第二回，不經意地發現掛在牆壁上，那幅古畫畫的不就是書中的包家村嗎？落款人廬洲合肥黑子，不就是少年包青天嗎？這個發現讓雪若非常興奮，迫不及待地告訴爸爸。爸爸笑一笑，說那是畫家的遊戲之作，不可當真。

光陰似箭、歲月如梭，到了雪若十三歲生日的前一天晚上，能言石才開始說話。能言石不言不語的這段時間，恰好吳雲醫師回美國，長期不在臺灣。

第二章　千年魔咒

就在雪若十三歲生日的前一天深夜，能言石忽然再度開口說話。

「祝妳生日快樂，雪若姑娘。」

無限驚喜的雪若大聲地對掛在脖子上的能言石發問：「你怎麼忽然又說話呢？」

「時機成熟了。」

「甚麼時機成熟了，你真是愛搞神祕。不過，你在我生日的前一天跟我說話，就是給我最大的禮物。謝謝你，我很快樂。你答應我，以後不可以忽然不說話喔！」

「如果不違背規則，或是有特別的緣故。我可以一直和妳說話，而且不會和妳分開。對了，不一定要說話，說話不是唯一溝通的方式。聰明如妳，應該明白我的意思。」

「你說時機成熟了，甚麼意思？」

「我的感覺，等到訊息更明確，我再告訴妳。還有，以後要格外謹慎行事。」

「對不起，我從前不小心跟吳雲醫師說出你我之間的祕密。我發誓不會再有下一次。」

能言石告訴雪若，花圃所有的花草樹木依循去年，要幫她辦一個慶生晚會。

可是過了午夜，天空卻颳風下雨，所以晚會辦不成了。眼看著風越颳越大，雨越下越大，雪若的爸爸驚醒過來，么喝著雪若，父女兩人趕緊拉起雨篷。當工作好不容易完成，雪若感覺能言石要跟她說話。

雖然能言石講的話只有雪若聽得到，但是她還是很小心的迴避爸爸的注意。雪若發誓要趕快找出可以和能言石非語言的溝通方式。

「怎麼了？」

「我剛才聽到南邊的花朵一起在說勾、勾、勾。」

「勾勾嗎？」

「不知道，可能是同樣的發音，我再注意聽聽看。」

穿著雨衣的雪若走到花叢中蹲下來，讓能言石聽個仔細。

「好像又是說數、數、數。我真的沒辦法，我不知道它們在說些甚麼？它們人多口雜。不，花多口雜，發音又不清楚。」

雪若的爸爸看到雪若在雨中，不知是自言自語、還是和花兒說話，關心的大聲說：「雪若，不要再淋雨了，不然會感冒喔。」

經不起爸爸的催促，雪若只好心不甘、情不願地站起來，慢慢走回屋子。

「雪若，快去換件乾衣服。喝完牛奶後，趕快睡覺。」

「好。」

「還有，上床後就不可以再胡思亂想、自言自語喔！」

「我知道了，爸爸。」

雪若是一個孝順又懂事的小女孩，她知道爸爸很疼愛她，但是也很擔心她。能言石的出現和互動已經深深影響她的生活。但是她又不能把這個祕密跟爸爸說，因為如果說了，能言石從此就無法開口說話，變回原來一顆平凡無奇的石頭了。她不能失去能言石，所以她盡可能聽從爸爸的話。

能言石慫恿著雪若說：「雪若，等一下要不要再去花圃探險？」

「不行，我要上床睡覺。」

能言石繼續說服：「妳不去聽聽花兒怎麼說嗎？」

「你都聽不出來，我怎麼聽得出來。」

「透過我！」

難道是非語言的溝通方式嗎？雪若如是猜想，於是便問道：「透過你？就像黑白雙心魔透過你去了解洞穴外的世界。」

能言石忽然沉默下來，雪若既後悔、又擔心。經過大約十分鐘，幸好能言石恢復了說話功能。

「我和人相處慣了，習慣人的說話。妳爸爸不是說花能解語。何況妳和那些花兒朝夕相處，一定知道甚麼。她們這樣著急地呼喚，一定有甚麼急事要告訴我們。」

「不行，我還是要上床睡覺。不然，爸爸會不高興。」對於能言石的任性，雪若覺得應該給它一個適度的懲罰。

「雪若，妳要不要……」

雪若把能言石從脖子取下來，丟進床頭櫃的抽屜裡。

雖然雪若遵守爸爸的叮嚀，上床後就不再胡思亂想。但是耳朵一直聽到勾、勾、勾和數、數、數等奇怪的雜音，後來甚至勾、勾、勾的聲音幻化成一隻小狗，數、數、數的聲音就幻化成一棵大樹，分別在雪若的夢中奔跑和隨風搖曳。

第二天醒來，雪若立刻推窗觀看。夜來風雨聲，花落知多少。

雪若從床頭櫃的抽屜裡取出能言石。能言石似乎生氣了，賭氣不說話。雪若也不理它，隨手掛上脖子。

雪若和爸爸吃完早餐，一起洗好碗盤，再去整理花圃。

由於保護得宜，花圃沒甚麼損傷。反而因為雨水滋潤，花兒更鮮豔、葉子更是青翠欲滴。雪若發現滿地落花落葉。於是，她去拿了掃帚。當她要開始掃的時候，發現大致上，落花和落葉分成兩邊。一邊的落葉圍成一個像是圓圈的圖案。另一邊的落花瓣又是橫的、又是豎的，左右兩邊還有兩條斜斜的線，看起來像是一個字型。她看了一看，想了一想，最後還是把花圃掃得乾乾淨淨。

已經十點多了，雪若的爸爸跟雪若說：「雪若，妳去買一點醬菜和雞蛋。還有妳想吃甚麼，就買些回來吧！」

「好。」

雪若立刻去拿菜籃，然後半走半跑地離開花圃。

一路上，雪若思考著昨晚，能言石跟她說的勾、勾、勾和數、數、數，還有她夢中奔跑的小狗和隨風搖曳的大樹。她不由自主跟能言石說起話來。

「石頭哥哥，我昨天晚上夢見小狗和大樹。」

「日有所思，夜有所夢。可能是花兒託夢給妳，妳要不要自我分析一下。」

「我想要養一隻小狗，可是爸爸不准，他怕小狗會在花圃搞破壞。」

「樹呢？」

「我不知道！」

「我想一想。」

「還有一件怪事。」雪若把剛才看見落花的情形和能言石討論。

「妳說落葉和花瓣分成兩邊。一邊的落葉圍成一個像是圓圈的圖案，另一邊的花瓣又是橫的、又是豎的、還有兩條斜斜的線、看起來像是一個字型。花葉是被風雨吹落的，不可能形成那個樣子，一定是它們想要跟妳表達甚麼，而刻意排成的樣子。就好像我昨晚聽到的勾、勾、勾和數、數、數。」

「我想到了！」

「妳想到甚麼？」

「我認為落葉圍成一個像是圓圈的圖案，其實不是圓圈，應該是打勾勾的勾字。而落花排成的字，應該是十八，就是一個數目。」

「那十八勾或是勾十八是甚麼意思呢？」

當雪若一邊走路、一邊和能言石說話時，大街上的小孩編著歌謠笑她。

呆姑娘、姑娘呆，自說自話呆呆呆。呆有口、呆有木，有口有木就是呆。

雪若習慣了小孩的嘲弄，非但不生氣，反而笑咪咪地跟他們打招呼。

「發生甚麼事？」脖子上的能言石問。
「他們說我是呆姑娘。」
「妳怎麼是呆姑娘，妳是我見過最聰明的姑娘。」
「好了，妳別安慰我了。我怎麼比得上大觀園的那些蘭心蕙質的林妹妹、寶姐姐呢！」雪若忽然覺得小孩的歌謠很有趣，就隨口唱起來。當她唱到「呆有口、呆有木，有口有木就是呆」，真的是呆住了。
「石頭哥哥，我知道了。」因為有些情緒，聲音有些分岔。
「知道甚麼？妳聲音有點沙啞，發生甚麼事？」
「我真的是呆姑娘。」
「怎麼會？」
「連花兒她們也說我是呆姑娘。」雪若很沮喪地說：「我剛才不是跟你說嗎？花瓣落成兩邊。一邊的花瓣鋪成一個像是圓圈的圖案，其實不是圓圈，而是一個口字。另一邊的花瓣是排一條橫線和一條豎的線成為十字架，兩邊斜斜的兩條線，就是一個呆字。一定是花兒和那些小孩一樣，嘲笑我是呆姑娘。」
「不會的，花兒都是善良而美麗，絕對不會這樣子。」
「說的也是，我會不會誤會牠們？」
「妳再分析一下。」能言石又說：「我覺得十八勾或勾十八也值得再進一步考慮。」
「不，落葉排的是沒有缺口的圓圈，落花排的也不是十八。對，我記得口是在木下面。所以不是呆，應該是杏。」

「是啊，是杏不是呆。」

「但是，那是甚麼意思？」雪若又陷入深度思索。

「想一想吧！是不是和你夢中的樹有關？」

「我夢見的不是杏樹，好像是榕樹。對，就是我家的老榕樹。我夢見它的鬍鬚在風中擺動。」

「不是樹，不是花。難道是杏仁、杏鮑菇，或是甚麼的。」能言石連續講了一大堆亂七八糟的東西，洋洋得意的樣子，顯然自我感覺非常良好。

「我想不出來。」

「回家想吧！」

「好，回家好好想。」

於是，雪若忘記了爸爸的交代。她沒有買醬菜和雞蛋就回家了。

雪若的爸爸並沒有怪罪她，只是摸摸她的頭，嘆了一口氣。雪若感到很慚愧，只好趕快再往雜貨店跑一趟。

這一次，雪若不敢再和能言石說話，專心走路。

呆姑娘、姑娘呆，自說自話呆呆呆。呆有口、呆有木，有口有木就是呆。

大街上的小孩好像知道雪若會再折回來，遠遠的唱著歌謠取笑她。雪若還是不生氣，依然笑咪咪地跟他們打招呼，甚至跟著他們一起唱。走到小孩子看不見，只剩下雪若一個人的歌聲。

呆姑娘、姑娘呆，自說自話呆呆呆。呆有口、呆有木，有口有木就是呆。

唱了一遍又一遍之後，雪若就改編個詞。

杏姑娘、姑娘杏，自說自話杏杏杏。杏有口、杏有木，有口有木就是杏。

雪若覺得不對，應該是……

杏姑娘、姑娘杏，自說自話杏杏杏。杏有木、杏有口，有木有口就是杏。

雪若忽然想到那些落花落葉刻意所排的，是不是木口或木〇兩個字。

於是，雪若又忘記了爸爸的交代。她沒有買醬菜和雞蛋就回家了。而且一口氣跑到花圃的大榕樹下，當她忍不住把她的想法告訴能言石。

「石頭大哥，我知道數、數、數就是樹、樹、樹，也就是這裡唯一的老榕樹。但是勾、勾、勾是甚麼？」

「慢慢想吧！你說木口或木〇代表老榕樹的嘴巴？」

「不是嘴巴，是樹木的洞口。」

「有道理，我們就仔細印證。」

「好！」

雪若在大榕樹周圍繞了好幾圈，又爬上爬下好幾次。忽然在風中飄來一陣若有若無的叫聲。

「石頭大哥，你有聽到嗎？」

「有啊，好奇怪的聲音。」

「我們去找找看。」

好不容易在樹根的地方發現一個小洞，聲音就是從裡面傳出來。

「好像是小狗的聲音。」

「啊！原來如此。數、數、數就是樹、樹、樹，勾、勾、勾就是狗、狗、狗。這麼一來，就符合夢中的老榕樹和小狗了。」

「嗚呼、嗚呼。」能言石因為興奮，而發出奇怪的聲音。

雪若趴下去，眼睛對著小洞口。藉著微弱的光線，看到洞穴內躺著一條看起來好像是餓得奄奄一息的小狗。

「怎麼辦？石頭哥哥。」

「趕快把牠救出來啊！」

「可是，洞口這麼小，我手伸不進去，怎麼救啊？」

「可是，妳不是說小狗快餓死了。還是先拿些吃的餵牠吧！等牠恢復元氣，說不定牠自己會跑出來。」

「還是你聰明，石頭哥哥。」

「快去吧！找一些饅頭或硬麵包，然後用牛奶浸軟就可以了。」

「好，我這就去。」

當雪若看到爸爸在溫室的背影，才想起自己又忘了買醬菜和雞蛋。可是，她已經管不了這許多。慌慌張張忙了一陣，然後鬼鬼祟祟地跑去老榕樹的洞口。

「趕快丟下去吧！」

「好！」雪若把浸著牛奶的饅頭撕成幾小塊，然後丟進洞穴內。

雪若很擔心，因為小狗好像失去所有的氣力。如果不是小小的肚皮還微微顫動，她會放棄解救牠的想法。終於，小狗似乎聞到食物的香氣，鼻子開始有反應，然後四肢。最後小狗掙扎地爬起來，慢慢地吃著，這情形讓雪若感動得流下眼淚。

這時候，雪若的爸爸一面叫著雪若的名字，一面走過來。雪若趕快離開老榕樹，再次奪門而出，往大街狂奔而去。

「雪若……雪若……雪若，妳不要跑這麼快，我頭好昏喔！」

雪若才不管它，以最快的速度，完成爸爸交代給她的任務。

從此以後，雪若就有了一隻小狗。

「我有一隻小狗了。」

「所以妳不喜歡我了。」

「你吃醋了！石頭哥哥。」

「我才不會呢。以後妳不要找我，我樂得耳根清淨。」

「不要這樣嘛！你知道嗎？小狗是大家送給我的生日禮物耶！」

「怎麼說呢？」

「你想想看嘛！我生日的前一天晚上，你不是聽到花兒跟你說數、數、數和勾、勾、勾，其實就是想要跟我們說老榕樹下的洞穴內有一隻小狗，可惜我們不知道。後來，花兒託夢給我，我還是不知道為甚麼。生日當天，花兒又刻意把落葉和花瓣排成木〇。這次，我們終於把謎題解開了。所以，這條小狗不就是花兒送給我的生日禮物嗎？」

「嗯，有道理。」能言石忽然發出恐怖的聲音，說：「如果我們沒有解開謎題，小狗不就活活餓死了嗎？」

「是啊！想起來就很可怕。」

「我們要不要給小狗取一個名字？」

「好啊。」雪若想了幾十個名字，都被能言石否決掉了。

「你既然不喜歡我取的名字，難道你心目中有合適的？」

「我心目中合適的名字，不是我取的，是花兒取的。」

「花兒取甚麼名字？」

「勾、勾、勾。」

「勾、勾、勾？」雪若想一想，蠻不錯的，就下了決定，說：「好，我們就叫他勾勾。」

「可是，雪若的爸爸同意妳養小狗嗎？」

「我一想到這個，頭就痛起來。我真的不知道耶。」

「反正我們先不要告訴雪若的爸爸。說不定過幾天，小狗自己就跑掉了。」

「真的嗎？我會很傷心。」

「牠要去找媽媽啊。」

「對喔！我想起來，牠怎麼會在這個樹洞裡面呢？」

「會不會村子裡的人把狗丟棄在這裡。」
「好殘忍的主人喔！」
「還好遇見善良的雪若，幸運的小狗、幸運的勾勾。」
「勾勾、勾勾。」雪若對著樹洞裡的小狗呼喚，似乎已經恢復元氣的小狗搖著尾巴，低聲回應。樣子真是可愛極了。
「嗚呼、嗚呼、嗚呼。」
「石頭哥哥，你聽勾勾好像在跟我們說話。」
「我聽不清楚。」
「這樣有沒有聽清楚一點。」雪若把能言石從脖子解下來，輕輕從洞口垂下去，讓它靠近勾勾。

沒想到勾勾忽然跳起來，一口咬斷綁著能言石的繩子。
「唉唷！」能言石慘叫一聲，就掉進樹洞裡去了。
雪若霎那間傻住了，反射作用地把手伸進樹洞，可是不論她如何努力還是搆不到。這個時候，雪若的爸爸要雪若去幫忙整理花圃。不得已，雪若只好悻悻然地離開老榕樹。

失去了能言石，雪若的舉止行為恢復了正常小女孩的樣子，不再自言自語。只有餵食勾勾的時間，雪若才可以遙遙和她的石頭哥哥望上一眼。雪若知道躺在地上的能言石在說話，可是聲音太小了，她聽不見。她很後悔，為甚麼沒有早一點找出非語言溝通的方法呢？有時候，她發現勾勾好像在和能言石交頭接耳地說悄悄話。

雪若自己問：石頭大哥不是說過嗎？它在世界上只能跟一個人，也就是它的主人說話，為甚麼它會打破誓言，和勾勾說話呢？雪若自己答：石頭大哥不是和人說話，它是和小狗說話，勾勾是狗、不是人。所以它並沒有打破自己的誓言。

雪若的失魂落魄被她的爸爸注意到了，他同時發現雪若常常跑去老榕樹的下面，對著樹洞發呆。所以，他趁著雪若不注意，偷偷去看一下，原來雪若在樹洞裡偷偷養了一隻小狗。可憐的雪若，爸爸搖頭苦笑，心裡想：這孩子太寂寞了！

當天的晚餐，爸爸宣佈：「雪若，我知道妳養了一隻小狗，為甚麼不告訴爸爸？」

「爸爸，你發現了。爸爸，你不要生氣。小狗自己跑來，掉到樹洞裡面，都快要餓死了，好可憐喔！」

「我怎麼會生氣？我不希望妳養小狗，是怕妳沒有能力照顧牠。」

「我有能力照顧他，牠不是活得很好嗎？」

「妳不會只是一時的同情心，過了一陣子，新鮮感過了，就把牠拋棄。」

「不會的。爸爸，你要相信我。」

「我相信妳，但是妳要問問自己有沒有耐心，小狗也是和我們一樣會老、會生病、會上天堂。牠不會永遠這麼可愛，到時候妳還會喜歡牠、照顧牠嗎？」

「會的！我會永遠喜歡牠、照顧牠，不讓牠離開我。」雪若看見爸爸慈祥的面孔，輕聲說：「我會像爸爸喜歡我、照顧我一樣的喜歡勾勾和照顧勾勾。」

「妳這樣說，爸爸就放心了！」

「謝謝爸爸。」

「還有，妳要自己負責照顧勾勾。爸爸自己很忙，沒辦法幫妳。」

「我會的。」

「還有，妳要管好勾勾，不可以在花圃亂來。這一點，妳應該很清楚，不需要爸爸嚴格規定。」

「我知道。」

「好，我等一下就去把勾勾抱出來。」

「謝謝爸爸。」

銀色的月光灑滿了花圃的每一個角落，花兒顯得更加嬌豔動人。雪若看見爸爸拿著鏟子把樹洞弄大一點，然後彎腰伸手進去，把勾勾抱出來。雪若好高興，不僅是因為她可以把勾勾抱在懷裡，感觸牠的體溫和氣息、還有一股一股的扭動。最讓雪若驚喜的是，勾勾含著能言石。她把手掌放在勾勾的嘴巴前面，讓能言石舒舒服服地躺在上面。

雪若暗暗發誓，我要和石頭哥哥永遠在一起，不再分開了。

日子一天一天過去，勾勾越長越大，也越來越活潑健康。但是，雪若有一天發現能言石鬱鬱寡歡，而且日益嚴重。

「你最近怎麼了？石頭哥哥。」

「喔？妳在跟我說話嗎？」

「是啊！是不是我把你丟落在樹洞裡，你還在怨恨我。我已經跟你道歉一百次了，那我再加一百次好嗎？請你原諒我吧！」

「不是啦！我又不是一塊心胸狹窄的石頭。」

「我知道你是一塊見過大風大浪的石頭，這種小事不會放在你的心上。但是，你為甚麼最近看起來很不開心。」

「讓妳看出來了！真不好意思。」

「你要不要說出來，好讓我分擔你的不開心。」

「唉！」能言石又是接二連三的唉聲嘆氣，就是不肯說出來。

雪若看到勾勾東嗅嗅、西嗅嗅，慢慢走過來，便順手把牠抱在懷裡。掛在雪若脖子上的能言石就被埋藏在狗毛裡，弄得它鬼哭神號。

「救命啊！救命啊！」

雪若把勾勾放在膝蓋上，聽到能言石鬆了一大口氣。

「我想你的不開心一定是和勾勾有關。」

「雪若，妳真是一個聰明的小姑娘。」

「既然如此，你就快點跟我說吧！石頭哥哥。」

「好，我就從忽然閉口不言開始說起。其實，不是我失去了說話的功能，也不是我刻意保持沉默，乃是我不在我的石體之中。換句妳聽得懂的話，就是靈魂出竅。我一方面在做實驗，一方面在進行我們的穿越計畫。」

「你越說，我越糊塗！」

「好。不過，說來話長，我先從勾勾說起，然後再說我自己的事情。」能言石開始閃爍一種彩虹的色澤，彷彿要為它開口說出的故事，畫出神祕而綺麗的插圖。

「勾勾的身世不凡，牠的元祖可能是天庭上的神犬或是哪一頭千年修行得道的仙犬。我不知道是誰，但是，我在很久很久以前有機緣遇見勾勾很早很早以前的祖先。本來，我已經忘記了，只是你把我掉落在樹洞裡，我和勾勾幾天的朝夕相處，因此勾起了我很久很久以前的記憶。」

「你是說你在大觀園怡紅院陪公子讀書的那一段往事嗎？」

「哼！我最不喜歡那個見了姊姊、忘了妹妹的賈寶玉。還有，我的一生多世的經歷，並不是只有那一段。我是女媧娘娘補天之餘留在青埂峰下的石頭，因為被那茫茫大士和渺渺真人帶到人間遊歷。經過三次的滄海變桑田，記憶和經歷已經虛實莫辨。後來遇見了空空道人，將我抄寫成聞世傳奇，後來又被曹雪芹先生編寫成曠世名著，大家才認識我。其實之前，我經過和見過的奇人軼事比天上的星斗還多。」

「你講這麼多，勾勾到底勾起你甚麼回憶？」

「有機會再說給妳聽。」能言石又是接二連三的唉聲嘆氣，就是不肯說出來。

「你很討厭耶。」

「不是啦！我在擔心我當年的小主人。」

「你的小主人是誰？」

「他是赫赫有名的……喔！天機不可洩漏，如果我說了，會壞了大事。不過如果是妳自己猜出來，倒是還好。」

「既然不關你的事，你幹嘛擔心幾百年，不，應該是幾千年前的事。」

「不是啦！因為當初我犯了一個錯誤，導致將來的一個災難。對了，不是幾千年，是大約一千年以前啦！」

「聽起來，好像是蝴蝶效應。」

「唉！這就是命運的安排。」

「所以，你放棄了？」雪若的好奇心被挑起來，決定一窺究竟。

「我只是一塊石頭，頂多只能說說話。我無法違背天意。」

「汪、汪、汪……」一直安安靜靜的勾勾，忽然狂叫起來，然後掙脫雪若的懷抱，往屋子的後面奔跑而去。

「勾勾怎麼了？」雪若不等能言石的回答，就跟著勾勾跑過去。只見牠衝到客廳，對著牆上的古畫狂吠。

「勾勾到底怎麼了？」雪若趕緊跑過去，同時請教能言石。可是能言石只是沉默以對。

雪若想起勾勾第一次進入屋子時，立刻就對掛在牆上的古畫產生莫大的興趣。她當時就有一種特殊的感覺，這隻小狗和那幅畫似乎有種強大的連結。後來，每一次勾勾進入屋子，總是默默地或站、或坐、或趴著注視那一幅古畫。

可是，今天特別激動。為甚麼呢？

「石頭哥哥，你說話啊！難道又是天機不可洩漏嗎？」

雪若不斷安撫勾勾，可是勾勾還是很激動，牠的眼神流露出深深的悲哀。最後累了，趴在雪若的腳邊，很哀怨的悲鳴。

「勾勾，你怎麼了？你怎麼了？你這樣悲傷，姊姊也好難過喔！」雪若也跟著流下眼淚。

「我的好雪若，妳不要哭嘛！」能言石終於開口安慰雪若。

「你看勾勾這樣子，你不難過嗎？」

「我難過啊！可是，這是天意，天意難違，妳知道嗎？」

「你又不說，我怎麼會知道呢？」

「唉！好吧！我說就是了。」能言石似乎克服了難言之隱，悠悠地說：「其實，勾勾很久很久以前是個小男孩。」

「真的嗎？」雪若雖然經歷花兒會歌舞託夢，石頭能言善道，但是面對小狗原是個男孩的這件事，依然是半信半疑。但是低頭看著可憐兮兮的勾勾，不由得就相信了。

「我不知道勾勾歷盡多少世的輪迴，但是我知道牠穿越千年的尋覓，就是要找回破除附著在牠身上的千年魔咒。」

雪若聽著能言石的陳述，把勾勾抱起來，愛憐的撫摸牠的頭部。

「我直接說好了，妳還記得嗎？我不是說過我的主人曾經是黑白雙心魔嗎？由於幾番因緣際會，我落入一個小孩子的手中，剛才你不是問我當年的小主人是誰嗎？」

「不行，不准說。你在不言不語之前，曾經要我探索你除了會說話之外，是不是還有其他的功能？讓我試試看，我是不是可以讀出……猜出那個名字。」

能言石淡淡地浮現彩虹般的光澤。

「你說他是個赫赫有名的……人物，是嗎？」雪若把能言石握在手心，抱著勾勾，凝視牆上的古畫，讓想像力宛如小鳥般在天空飛翔。

一千年前，不就是北宋嗎？大山前面的村落，楊柳依依、桃杏爭春，瓜田綿延，還有一片讓人看得好不心曠神怡的藍色天空。屋子裡有十多個人，主角是一對老夫婦，還有左右站著兩對年輕夫婦。可是，雪若的目光卻被旁邊圍繞著奴才丫環所吸引。其中一小丫頭，嘴唇裂了縫，另一丫頭面露哀戚，還有兩位俊美的男子。因為這個緣故，雪若又去注意那對老夫婦，驟然發現桌上擺著一盤包子。最後的啟示，也就是讓雪若揭開謎底的是那個被畫家塗的烏七八黑的小男童，額頭有一道白痕。

「我猜他就是晝治陽間、夜治陰間的開封府包青天大老爺。」當雪若心中才起了這個念頭。掌心中的能言石立刻放射出一股暖流，雪若又驚又喜，幾乎把手中的勾勾掉到地上。

他們終於可以靈犀相通了。但是這樣猜來猜去總是不如說話溝通直接清楚，所以雪若還是鬆開手掌，讓能言石自由自在地垂在自己的脖子下方。

「不過我和他相處是他九歲的時候，時間不長，只有半年。當時，我和少年包青天一樣黑黑的，所以他們都叫我墨石。」

「所以勾勾就是包大人嗎？」雪若望著畫中那個和黑白雙心魔一起的黑面孔小孩。

「不是，不是。勾勾是他的童年玩伴，他的小名叫長保兒。」

「你好像說過，你犯了一個錯誤。是不是因為那個錯誤的緣故，讓那個名叫長保兒的小男孩魔咒附身，導致千年以來，世世代代輪迴成為狗類，無法修成人形。」

抓住竅門的雪若愈來愈能夠了解能言石。

「我不殺伯仁，伯仁因我而死。可以這樣說，然而那也是命運的安排。人非聖賢，孰能無過。」

「但是，你不是人，你是通靈寶玉。」雪若覺得應該保握住這個機會，好好教訓這塊石頭不可。於是得理不饒人，繼續說：「當初就是你無緣無故不見了，害賈寶玉失心瘋，才會被騙，娶了薛寶釵，否則林黛玉也不會魂歸離恨天。所以，你雖自謙說你只是一塊石頭，但是你的錯誤影響多大啊！如果你今生無法讓勾勾還原真相，我要寫一本靈犬傳，控訴你如何讓一個無辜的小男孩，生生無法成人，世世都是小狗，讓你遺臭萬年，永世不得超生。」

「妳究竟有完沒完？小姑娘。」

「嗯？」雪若唯恐能言石生氣，不敢得寸進尺。

「我又沒說不去做，我只是表達我的看法和事情的困難度。」

「你越來越奸詐。」

「我不是奸詐，我是用心良苦。妳知道嗎？我在妳還沒生下來的時候，就已經來這個花圃了。有一天，我看見了雪若的爸爸把他珍藏的古畫，放在我的身上曬太陽時，我發現那是一個似曾相識的地方。想了好幾年，才想起那是位於廬州府合肥縣偏南方，風景如畫的包家村，也就是包大人的家鄉。」

「勾勾是畫中的大花狗？」

「不是，牠的前身是畫中的那個帶著大花狗的小男孩長保兒。」

「喔！方才你說了，我聽了就忘。」

「那幅古畫是讓勾勾回到過去的路徑。只要回到過去，修改當時的一個小事件，就可以解除牠世世為犬、代代永不成人的魔咒。但是光有路徑，只有我和勾勾也無力挽回過去的錯誤，我們需要一個聰明的小孩。當妳出生那一天，我就開始注意妳。直到妳十二歲生日，我才現身。過去一年來，我不斷影響妳，也觀察妳。後來我閉口不言，雖然是我的計畫的一部分，也是藉著安靜的時光讓妳自己去探索我、發現我的功能。也就是說，縱然我不說話，妳也能了解我，透過我去發現妳想要知道的真相。因為回到過去是一個既辛苦、又危險的任務，我們不能讓一個平庸的孩子去冒險。」

雪若開始明白了。

「在十三歲生日那一天，也就是勾勾躲進老榕樹的樹洞那一天，妳就接受我和勾勾的考驗。皇天不負苦心人，妳通過了。勾勾的命運，牠能不能變回小男孩就靠妳了。」

「勾勾為甚麼今天這麼激動？」

「牠想出回到過去的方法，所以激動起來。牠以前乖乖、安靜地在古畫前觀察研究，就是想找出回到過去的方法。」

「勾勾發現了蟲洞？」

「蟲洞？」

「蟲洞是一種理論，被認為是連接不同時空的通道。」

雪若正要進一步說明蟲洞理論時，能言石不屑地說：「蟲洞不是被發現，而是被創造。」

「好吧！你這麼有自信和把握。我想，我可以勝任幫助勾勾解除千年魔咒的任務。」雪若挺一挺胸脯，大聲對勾勾說：「一定沒問題的！但是，我們要怎麼進行？」

「我和勾勾回去從前，完全沒有問題。因為我們曾經是那個時代的人，但是妳不同。為了以防萬一，妳必須改變！」

「我要改變？」

「為了怕穿幫而造成時空錯亂，就像我當年所造成的錯誤。避免重蹈覆　的最佳方法是不讓妳以人的形式出現在那個時代。」

「所以，你們要把我變成一條狗，對不對？」雪若不等能言石開口，就自己讚美自己說：「雪若，妳真是一個聰明的小姑娘。」

「沒錯，雪若，妳真是一個聰明的小姑娘。不過到時候，妳要習慣人們讚美妳是一條聰明的小狗。」

「我們甚麼開始？」

「就在妳十四歲生日的那一天，午夜的開始。我們還有三個月時間做準備。」

「我要去研究開封府包青天大人的生平嗎？」

「千萬不可，我們不了解那些書籍寫的到底是真的，還是假的。萬一妳有了先入為主的觀念，做了甚麼錯誤的判斷，反而弄巧成拙。我們是要去他九歲那一年，史書沒有甚麼記載。任務一完成，就要回來。停留愈久愈危險。妳要鍛鍊身體，改變飲食習慣。多觀察勾勾的樣子和動作，因為不久以後的妳就是牠。」

「我就是勾勾，你依舊是你。那勾勾變回過去的他嗎？」

「不是，勾勾不會變回去。我們將要面對的勾勾是一個小男孩，如果我和勾勾沒記錯的話，小男孩的名字叫做長保兒。就是畫中那個帶一隻大花狗的男孩。」

「所以勾勾不去了？」

「牠要去，妳不要去。」

「我的腦袋被你搞成一桶漿糊了。」

「妳要把身體留在現在的世界，靈魂進入在勾勾身上，和我一起回去從前。到時候，妳把我掛在妳的脖子上，千萬不要弄丟喔！不然，我們其中一個，或是我們兩個都可能回不來現今這個世界。」

「所以那個名字叫做長保兒的男孩子不知道我們囉！」

「當然！因為都不是計劃中的行動，所以見機行事。記住，我們的任務只是避免犯那個錯誤，其他的事都要做旁觀者，不可插手，不然萬一造成飛蛾效應，後果不堪設想。」

「不是飛蛾效應，是蝴蝶效應。」

「我是說妳不要草率衝動，像飛蛾撲火，簡稱飛蛾效應。」

「不要亂改成語，好不好？」

「妳說得好。記住，降臨到那個時代要講古語，千萬不要說一些莫名其妙的現代語。」

「拜託，我是狗，幹嘛說人話。我不相信現代狗和古代狗叫的聲音有甚麼不一樣。」

「說的也是。」能言石說：「如果妳後悔，我們可以隨時停止，我和勾勾會理解。」

「我為甚麼要後悔。吳雲醫師送我那本書『愛麗絲夢遊仙境』，我一直嚮往有那種奇遇。」

「好，我們就下定決心去完成那一項魔幻的時光旅行。」

當雪若十四歲生日那天的午夜，勾勾帶著能言石和雪若的靈魂飛向渺渺茫茫的過去。

第三章　錦屏春曉

三月裡的江南，桃花紅杏花白，更有那隨風輕舞飄揚的柳絲。尤其是風景如畫的包家村，位於廬州府合肥縣的偏南方，更是江南中的江南。這裡的民風淳樸，簡直就像晉朝靖節先生筆下的桃花源。

這天包家村出現了一隻將近一歲的小狗，脖子上掛了一塊小小的石頭，其實她就是剛滿十四歲，穿越時空而來的雪若。她東張西望，似乎在尋找甚麼，逛了半天，才停下來休息。小狗等到四下無人，才開口說話。不過她似乎過慮了，因為人們不會去注意一隻一直張嘴、吐舌頭的狗兒。

「我覺得這樣偷偷摸摸的說話，實在是太不方便了。我雖然已經找出類似心電感應或心有靈犀一點通的溝通方式，但是必須握在手掌中。我現在是一條狗兒，實在是無能為力。」

「是啊！我想妳一定有辦法找出除了用手掌握住以外的溝通方式。我歷任的主人天資都不一樣，有的用看的、有的用觸摸、有的用念力，都可以和我有很好的溝通。說不定妳可以含住我，不過可要注意口腔衛生。」

「我喜歡我生日那天，花兒入夢來的溝通方式。不過太迂迴了，我不一定理解。」

「妳慢慢想吧！記住，不論任何時代，扭曲的人性會引起陣陣不斷的腥風血雨。到時候妳要特別小心。雪若，妳雖然是一條小狗，但是不久也會歷盡苦難，妳要運用妳的聰明才智，務必設法逢凶化吉。妳小小年紀可以見證一段歷史，雖然早已經不存在了。還有，妳小小年紀，被迫提早體會江湖的冷暖情仇，雖然能夠發展出不平凡的人生。但是，切記，切記，無論如何，千萬不可以改寫歷史。除了那一件解除勾勾身上魔咒的事情。」

「能不能跟我說是哪一件事情？」

「我很抱歉，年代已久，我忘記了。不過妳放心，隨著即將發生的每一件事情，我一定會想起來。」

「最好是這樣，不然我會殺了你。」

「殺了我，妳就回不了家。務必記住我對妳所說的每一句話。」

「知道了，殺了你只是一句沒有意義的口頭禪！」雪若做夢也沒有想到一語成讖，隨後發誓說：「我一定會記住你所說的每一句話，絕對不會胡來。」

「休息夠了嗎？我們再出發吧。」

「長保兒到底住哪裡啊？」

「到那邊問問吧！」

「你真是愛說笑，我怎麼開口？」

「我不是愛說笑，我是在測試妳。」

「這裡的風景真美，尤其是眼前的那座高山。」

「那座高山就是錦屏山，也就是我們家古畫裡面的那座山。」

「山如其名，宛如一座花團錦簇的屏風。就像那章回小說裡描寫的仙山，年年有長青之樹，季季有不謝之花。更有那清清淡淡的雲霧，散發出飄逸的靈氣。昨天，我記得我把你掛在勾勾的脖子上，然後抱著你一起睡覺。夢中，我們走入古畫中。走著走著，雲霧慢慢聚過來，遠遠望著錦屏山和包家村，說那景致簡直就像是電影的畫面，從朦朧到清晰、從虛幻到真實。」小狗雪若吐吐舌頭、喘喘氣說：「我們家客廳掛的那幅古畫就是眼前景色的寫生。所以，我們是畫中人。嘻嘻，我又忘了。古畫中有一條小狗，應該不是我吧！他是花花的，我是黃色的。所以如果爸爸現在欣賞，說不定會發現古畫中多了一條小黃狗。」

「但是，這麼美的地方，卻傳說山裡有大猛虎。」

「你怎麼知道？」

「剛才我們一路走來，不少人議論論紛紛。還有，我的記憶慢慢啟動了。還有妳是否注意到我的身體……石體逐漸變黑。」

「我看不見，但是有感覺，只是不太明顯。我們就往人多的地方去，打聽打聽一些消息吧。」

「是的，我們乖乖閉上嘴巴吧！」

小狗雪若到處串門子，本來只想打聽長保兒的下落，但是盡是包員外家的八卦，不想聽都不行。幾天來，她的明查暗訪，明察是透過剛認識的名符其實的狗仔朋友，暗訪就是從村民的閒話家常，不但目的已經達到，包家村的大小事也了解到差不多，甚至哪隻狗和哪隻狗有了姦情，哪隻狗和哪隻狗生了幾隻狗都知道的清清楚楚。

由於包家村上上下下也不過百餘人，所以傳說錦屏山裡有大猛虎，其實只是某幾個人說說而已。也就是說僅僅只有包員外的二兒子包海等那一夥人，在口頭上說說而已。小狗雪若暫且把這件事情擱在一邊，先和能言石討論包家村裡，一些比較重要的人物。

第一個當然是村長包員外，名懷，家資鉅富，天性好善，人人稱他包百萬。唯一的缺點就是做人做事過於小心謹慎，除非有十二萬分的把握才敢放手去做。所以他的每一分錢都是「血汗的凝集」和「智慧的結晶」。包員外的朋友常取笑他，如果他不要每件事都徹底實踐「三思而後行」的名言，他豈止是「包百萬」、「包千萬」而已。江員外娶妻周氏，兩人就是古畫中那對老夫妻。

畫中另外一對看起來親切和善的夫妻就是包山夫妻，事實也是如此。

包員外的長子包山，是個忠厚老實、正直無私之人，也是村裡最受尊敬的人。當小狗雪若聽到包家村的村民背後批評次子包海之後，就明白古畫中第三對看起來陰險卑鄙的夫妻到底是誰了。

議論紛紛中的第一號人物少年包青天，小狗雪若格外用心。他是包山的獨生子，今年九歲。只是兩夫妻生的白白胖胖，方方正正，也就是說男的方頭大臉、相貌堂堂，女的五官端正、雍容華貴。但那包黑卻一身黑皮黑肉，彷彿是從墨缸裡撈出來似的，所以有個名符其實的稱呼，叫做包黑，小名黑子。

因為這膚色的強烈差異，包家村裡一直流傳著「黑生白養」的說法。也就是說黑子到底是不是包山夫婦的親骨肉，一直是村裡長舌婦最愛談論的話題。因而衍發出誰是生了黑子的「黑父」，眾說紛紜。

至於是否「白養」？老實說，包山夫婦可就沒有白養黑子了，這是後話。

小狗雪若還沒有遇到長保兒，倒是先見識到少年包青天黑子的膽識和才氣。

且說黑子的皮膚比一般人黝黑，身高比同年紀的小孩多出半個頭，清逸的體型雖然穿著比一般村童還好一些的衣服，依然可以感覺出那股不同於富貴人家的氣質。飽滿的天庭有一彎月痕，下方是兩道連大人都少見的濃眉，不論喜怒哀樂，總是英氣逼人。眼睛適中，黑白分明，緩緩流盼之際，會閃耀出類似寶石般的光輝。高挺削直的鼻樑和一直保持抿嘴的嚴肅，使想對他有輕視和開玩笑念頭的大人們，立刻正經起來。彷彿他就是再生的甘羅，現世的神童。

他的特徵分明就是那個和黑白雙心魔一起坐在石頭上的黑衣小男童，可是他現在一身潔白的衣服，神色明朗，不若畫中的陰翳暗沉。依據小狗雪若還是少女雪若的時候，她從吳雲醫師那裡學來的遺傳學知識，猜想黑子應該有非洲黑人的血統。

是否要證實？還是讓他成為歷史上的一段無名公案。不論是小狗雪若或是少女雪若似乎忘記了能言石的警告。她異想天開，想要竊取少年包青天的頭髮，以便帶回吳雲醫師的實驗室做基因鑑定。

這時候，包家村正在舉辦村民大會。

黑子正站在人牆之外，仰首凝眸遙望著錦屏山，似乎在想心事……。

小狗雪若想了一想，往村民大會走過去。也不知穿過幾道人牆，抬頭一看，發言者正是包海。

說到包海這個人，小狗雪若知道包家村的人無一不恨他。人長得枯瘦乾黑、尖嘴猴腮，心思又壞，愛財如命，連個小娃兒見著他不是嫌惡得轉首閉言，就是拔腿走開。而他那個頗有幾分姿色的妻子李氏也好不到那裡去，心眼甚至更壞。因為姓包，順理成章的把「包藏禍心」這個成語用上了。妻子李氏雖非紅顏，實際上就是一鍋禍水。禍心禍水，大夥兒都這麼背後叫他們夫妻倆。包家兄弟為人處事的對比，包山因此就得了個「包藏善心」的包善心大老爺的美名。

包海清了清嗓子，說了幾句，不但村民、連剛到達包家村不久的小狗雪若就知道他要說甚麼。

包海曾經言之鑿鑿地說，九年前的某個深夜，他曾經在錦屏山目睹一隻大老虎，吼聲如雷，目光似電，所幸沒被發現，否則老命休矣。他囉囉嗦嗦談了好幾年，多數人都右耳進、左耳出，或者是左耳進、右耳出。略為刻薄者則抱怨老虎瞎了眼，否則一口吞下包海，免得包海為非作歹，更刻薄者則嘆著說包海人太壞了，連老虎都不想吃。

如今，不知為何他又舊事重提。

小狗雪若覺得無聊，正想要回頭去「探索」黑子，卻被一種強烈的味道吸引。只見有隻大花狗從泥塘的另一邊跑出來，然後往自己這邊走過來。幸好，一雙不知從何處飛出來，宛如團扇般大小的蝴蝶，上上下下地舞動彩翅，好像在逗弄大花狗。於是一隻花狗、一雙彩蝶便在開花野草處，玩將起來。

小狗雪若有點緊張，因為她看見了畫中的大花狗。萬一大花狗跑過來打招呼，自己真的不知道如何應對。萬一表錯情，大花狗會不會攻擊自己？

雙雙飛舞的蝴蝶雖然有趣，終究比不上美麗而有氣質的小狗雪若。

久聞這條名叫發發的帥哥大花狗是長保兒家的護家犬，平時仗著主人寵愛，養尊處優，不但狗眼看人低，連自己的狗類也愛理不理，此時忽然對小狗雪若感到興趣起來。

隨著大花狗發發越走越靠近，小狗雪若越來越緊張，除了剛才的顧慮之外，更可怕的是，會不會愛上自己？雖然自己是狗身，全身還是赤裸，非常不習慣被狗嗅著、聞著、觸碰著。於是，她使出混身解數，和大花狗發發周旋。

大花狗發發放棄了，以最瀟灑的姿態趴下來，深情款款地看著小狗雪若。

「妳是誰？」

「賤妾名喚勾勾。」

「哈哈哈。」

「你笑甚麼笑？」

「妳好三八。」

「甚麼？」

「沒甚麼，只是感覺妳在演戲。」

「了解，我是禮貌。卻被你誤解，真是抱歉。」

「妳不但三三八八，而且做作。」

「好吧！我不說話，總行吧！」小狗雪若覺得妙計得逞，有點得意。

「聽妳的口音，好像不是本地狗。」

「我是從很遠很遠的地方來的，再過幾天就要離開。」

「好可惜。」

「是啊！可是我天生喜歡流浪，我的生命存在著不安定的靈魂。」

小狗雪若再次發功，說了一些看似文雅的詩詞，卻是令人啼笑皆非的內容，聽得自命不凡的大花狗發發嘆聲連連。說到後來，特別強調自己年紀還小，還不想談戀愛。幸好發發是個明理的狗君子，在自尊心小小受損之下，除了諷刺她的自作多情之外，明確的表示只是想和她做個普通朋友。

「妳是不是來自省城，講話好有學問。」

「算是吧！我喜歡聽故事，你就說你家主人，還有包家村的事情給我聽，好嗎？」

「好啊，我可是說故事專家。」

哼！甚麼說故事專家，根本就是狗仔隊的始祖。不知道為甚麼，小狗雪若聯想到以前偶而翻閱的「總裁系列小說」，發發真的是百分之一百零一的帥狗總裁。

由於發發常常在包家的深宅大院裡串門子，所以知道很多很多村裡村外的消息，小狗雪若聽得津津有味。正想再聽下去……。

大花狗發發毫不掩飾地打了個大哈欠，疲態十足的說：「我很高興認識妳。我該走了，有機會再聊吧！」

不管小狗雪若是人小鬼大，或狗小鬼大，她很清楚發發的心態。總之，雄性動物都是一樣，不管男人或是公狗，當感覺到沒搞頭了，就及時離開，絕對不會浪費一分一秒。

不久，出現一個青衣小童。他看到發發，先摸摸牠的狗頭，然後一起玩耍起來。本來不知飛到何方去的一雙蝴蝶，再度翩然出現，就在青衣小童和發發的身旁，起起伏伏地飛舞。

青衣小童有著圓滾滾的臉蛋和圓滾滾的肚子，大大的眼睛下面是小小的鼻子，紅紅的嘴巴露出兩顆白白的門牙，天真的笑容有著無邪的神情。可能是方才偷吃了糖漬梅，所以嘴邊還留著一抹淡紫色的痕跡。他可愛的模樣，讓小狗雪若直覺他就是畫中的青衣小童長保兒，也就是勾勾千年以前的本尊。想到這狗身被自己的靈魂正佔據著，心情不知不覺沉重起來。

玩性大起的青衣小童看到不遠處的黑子，舉手要和他打招呼。但是對方沒有理睬，青衣小童可能感覺對方心事重重，再度舉起的手又放下來。站在不遠處深思的黑子，讓青衣小童受到感染似的玩心頓減，不敢造次。

青衣小童先停住和大花狗發發玩耍，然後一副小大人的模樣走向會場，發發自然也緊緊跟隨。

小狗雪若聽到很多人呼喊青衣小童是長保兒，心臟不由得加速跳動起來，站起身子，慢慢跟著長保兒走過去。

當會議將近尾聲時，包海提出組織村勇，入山殺虎。

長保兒看著包海，似乎想到甚麼，咕咕地笑起來。

小狗雪若看到大花狗發發也跟著笑起來，就問牠有甚麼好笑的事情。

大花狗發發看也不看小狗雪若一眼，冷淡地說明。知我小主人者，莫過於我發發，因為看見瘦瘦黑黑的包海穿著紫灰色的衣袍，兩隻爪子似的手掌在陽光下揮舞，像極了年畫中的耗子精。

聽著大花狗發發的說明，小狗雪若也笑出聲來。她美麗的笑容，讓牠深深癡迷，忘記了她曾經如此三八和做作，忘記了她不安定的靈魂，還有剛才自己的承諾，立刻掉入愛情的漩渦了。身為狗兒的發發從來就不知道狗兒的笑容如此迷人，雖然她的笑聲那麼可怕，就像人類。

「你笑甚麼？長保兒。」不知何時，長保兒身邊多出一個俊的像水仙花似的小男童。他捏捏長保兒的手臂，輕聲細語地喚著他的名字。

啊！他就是放風箏的白衣小童，本來以為是個小美女，原來是個小小花美男。

「我笑甚麼，不關你的事。」長保兒狠狠瞪他一眼。

大花狗發發告訴小狗雪若那個俊美的小男童叫做小興子，是長保兒舅舅張得祿的兒子，老愛黏人，討厭得很。但是長保兒的娘偏喜歡他，老愛把他摟在懷裡，心呀肝呀地叫，這也是長保兒討厭他的原因之一。

小狗雪若發現這個小興子長得可真俊，那身皮肉彷彿園子裡種的白菜，嫩白的滴出水來。其實前幾天，小狗雪若有看過小興子。他和孩子們學野臺戲玩耍，小興子扮的花旦可比正宗角兒還漂亮，唱的曲兒更好聽。

小興子看長保兒不睬他，乖乖地蹲在一旁，和他們家的大花狗玩。原本被大花狗嚇的四處亂飛的雙蝶，此時彷彿見到美麗的花瓣，嗅到濃郁的花香，採蜜似地一上一下地，分別停頓在小興子的沖天辮和坎肩上。

小狗雪若把注意力轉移到會場前方，見到坐在包員外右旁的包山，皺著眉頭，說：「賢弟，我搞不懂你為甚麼突然老調重彈。組織鄉勇可不是一件小事，要花費多少銀兩，動用多少人力……。」

包海不讓包山講完，搶著說：「大哥，你有所不知，這幾年來國泰民安，風調雨順，田裡長的稻米，園裡種的蔬菜，還有那些雞鴨牛羊，都是託老天的福，那些村民早就……早就……。」

講到這裡，一時詞窮，等著讓人看笑話。沒想到眾人之中有個自以為飽學之士的潑皮，大聲說道：「死隻不清、霧谷不墳。」

小狗雪若覺得不對，當下噓聲四起，站在那潑皮身邊的人立刻罵道：「你不說話，沒人當你是啞巴！」

「對，對……那些村民早就四肢不勤，五穀不分了。」包海見有人附和，立刻淘淘不絕地講下去，說：「也就是說，如果我們沒有找些事給他們做，他們就……他們就懶得去清算死去幾隻豬，幾隻羊，然後就像在起大霧的山谷中找不到自己祖先的墓了。」

小狗雪若覺得包海雖然說對成語，但是意思卻是南轅北轍，倒是和那自以為飽學之士的潑皮，所說的「死隻不清、霧谷不墳」不謀而合。至於到底是四肢不勤，還是四體不勤，小狗雪若也懶得去追究。

「你到底在胡說些甚麼？」寬厚的包山看了自己的父親一眼，希望他能站起來阻止包海。但是包員外閉著雙眼，宛如未聞。這也難怪，大兒子是手心肉，二兒子是手背肉，手心手背都是肉，叫他護誰呢？

「大哥，難道我講的沒道理嗎？」包海得理不饒人，反咬住包山不放，說：「不然你說說看，難道就讓那些村民，天天飲酒作樂不成？」

包山一向只知謙和待人，認真做事，很少在言詞上下功夫，被包海這麼強詞奪理，一時也不知如何是好。看著包山面紅耳赤地站在會場中央，眾人立刻議論紛紛。這時有人推著方才那個「接詞」的潑皮，說：「這回該你講話，你又化身縮頭烏龜了。」

此時忽然有個四十多歲的中年男人呼叫一聲，站了起來，旁邊的女人死命要拉他坐下來。發發低聲解釋，他們分別是長保兒的爹老周，是包員外家的長工。還有長保兒的娘阿春，婚前是包員外家的丫環。只見長保兒他爹老周不顧他娘阿春死命拉住他的衣角，撥開她的雙手，穿過眾人，走到包海面前，恭恭敬敬地跪下去。

包海滿臉鄙夷地說：「老周，你有甚麼話要說？」

「奴才反對海二爺的建議。」老周的聲音雖然細如蚊鳴，但是大家依然聽得清清楚楚。經過短暫的錯愕之後，議論紛紛如被觸動的蜂窩，慢慢擴展開來，但是依然掩不住包海的怒罵和他身邊惡僕的叫囂。

包山一面要大家安靜，一面對老周說：「大家開會就事論事，不必在意這種主子奴才的禮數。」

「謝大人。」老周謝過，正要起身，卻被衝過來的一名惡僕一腳踹過去。於是，又跪倒在地。包海惡狠狠地說：「老周，平日我大哥護你寵你，你眼中根本沒有我的存在。今日我講話，大膽奴才卻敢出來放屁。」

「海二爺息怒，奴才不敢。」老周面孔扭曲，顯然受傷不輕。

包山出面理論，卻壓不住包海的氣焰。站在發發一旁的長保兒又急又氣，小小的身子抖個不停，長保兒他娘也是驚嚇得渾身顫抖。整個村民之間，慢慢產生不滿的情緒。議論紛紛的聲音似乎是在禱告老天顯靈，立刻將傳說中，錦屏山的那隻大老虎放出來，一口咬死包海。

「來人哪！將老周的狗腿打斷。」

這時，長保兒的娘阿春奮不顧身地衝進去，抱住老周的身軀，聲嘶力竭地向包海求饒，而長保兒也嚇的淚流滿面。發發似乎也感覺到大事不妙，離開小狗雪若，跑過去窩在長保兒的腳旁，伊唔伊唔的低聲哀嚎……。

「住手！」一直閉目養神的包員外，驟然大喝一聲，剎那之間眾人都呆住了。

心血來潮的小狗雪若回頭一望，只見站在池塘邊沉思的黑子，露出淺淺的笑容。

包員外沉著聲音下令：「大山、二海，你們給我退到一邊去，讓老周站著好好說話。」

包海想衝下來阻止，被包山硬生生拉回座位。

「老周！」包員外和顏悅色地說：「對於二海的建議，你為甚麼反對？」

小狗雪若凝神觀看村民大會，抽空注意一下長保兒。當然，還是會回頭看看黑子的動態。

一陣淡淡香風襲來，小興子俏生生地出現。他嬌聲地說：「你爹真是條好漢。」

長保兒不理他，臉上除了得意之外，還有一點點不安。

包員外做了個「大家安靜」的手勢，然後指著老周，說：「你是包家多年的長工，我念你勤勞忠誠，所以讓你話說分明。既然膽敢在你海二爺面前道出『反對』二字，必然有十足的理由。如果無法讓人心服口服，明天日出之前，你家三口不得出現在包家村。」

包員外一言既出，老周看起來還挺得住，阿春早就嚇昏了過去。

小狗雪若感覺到長保兒恨得幾乎把兩排牙齒咬碎，似乎聽到他無聲的言語：這算甚麼嗎？分明要逼人跳崖嘛！打斷雙腿還留有一口氣。逼人離開包家村，天涯茫茫，誰敢收留我們，最後唯有死路一條。何況以爹爹的剛烈性子，早就認定生為包家人，死為包家鬼。到時候……到時候……如果爹娘有甚麼三長兩短，我也不要殘存偷生。想到這兒，原先乾掉的淚水又從長保兒的雙眼奔流下來。

「是，小的知曉認命！」也許是豁出去了，老周的聲音非常穩定，他說：「海二爺指示的極是。其實我們村民可以造橋鋪路，做些建設鄉里的事情，村民就不會懶散下去。至於入山打虎一事，由於沒人見過老虎，似乎……。」

包海怒吼一聲，大聲說：「你這狗奴才，竟然敢說沒人見過錦屏山有老虎，難道我不是人嗎？」

老周望向包山，乞求的眼神，令小狗雪若和旁觀者不禁著急起來。

於是包山開口說話了：「賢弟，俗語說『大人不計小人過』，你就不要在老周的言詞中挑毛病了。」

「好！我不挑毛病。」包海的眼光往眾人一掃，說：「難不成，我說謊造謠。」

包山耐心地說：「你口口聲聲表示親眼看見錦屏山有老虎。這是九年前的事，這九年來，從沒有發生過老虎傷人的事。縱然你說的是實話，但說不定老虎已遷移他處。」

「是呀！」原先的潑皮鼓譟地說：「是啊！非但沒有發生老虎傷人，連牛豬羊、雞鴨鵝也沒有聽說過少了一隻半隻的！」

聽了潑皮的話之後，小興子忽然壓低聲音對長保兒說：「不過，我在錦屏山裡看見鬼。」

長保兒不理會小興子的「活見鬼」，繼續聽包山和包海的辯論。

包山點了點頭，說：「既然如此，何苦勞民傷財。」

包海冷笑一聲，含沙射影、別有所指地說：「不怕一萬，只怕萬一。哪天，你那寶貝兒子被老虎傷了一根毛髮，看你心疼不？」

包海講到這裡，站在身後的李氏就低頭向包員外的夫人周氏，說：「海二爺說的一點都沒錯，老夫人應該還記得九年前的事！我們二房到現在都還沒有子嗣，大房就只黑子這麼一個男丁，萬一有個三長兩短，叫我們如何向列祖列宗交待。」

眼看著奸計就要達成，包海乘勢向包山的夫人王氏做了個長揖，假情假意地說：「請大嫂體諒小弟的一片苦心。」

李氏又走向王氏，蓄意撥弄。雖然放低聲音說話，但音量卻剛剛好傳到包員外夫人周氏的耳內。她說：「黑子雖然看起來不像是我們包家的骨肉，可是好歹和我們一起住了九年，這份情分還是有的。」

王氏想要反駁，被包員外夫人周氏使眼色阻止。

「罷了！罷了！」包山氣得拂袖回座。

眼看著無情的命運將降臨在長保兒一家人時，一條小小的黑影如萬里飄風似地現身在包海的面前。

原來是少年包青天——黑子。

他的出現讓在場的每個人都又驚又喜，因為大家知道好戲上場了。這幾年來，小小年紀的黑子所表現出來的氣度和知識，總是讓人折服。所以每個人心裡急著想知道，一個九歲孩童如何對付奸險陰毒的包海。

「叔父大人。」

黑子態度從容，聲調雖然稚氣十足，卻放射出一股令人無法抗拒的力量。尤其是額頭上，那道白色月眉標誌，讓小狗雪若突然聯想到哈利波特的閃電標誌，不禁懷疑他們兩人之間是不是有某種特殊的關係呢？

包海似乎也被這股正氣震住，凌人的氣焰收斂不少，有些疑惑地問：「這裡是大人討論事情，你小孩子上來做甚麼？」

「關於叔父大人所言，九年前的某個夜晚遇見老虎之事，小姪深信不疑。只是心中有個疑問，想當眾請問叔父大人？」

「你要問甚麼？」

小狗雪若覺得包海的目光閃爍，聲音微微抖著，彷彿對小小的黑子有所恐懼。她的狗耳朵很靈，再加上能言石的加持，總會聽到一些特別有用的資訊。此時此刻，她悠悠忽忽聽到在場的某些小團體，也就是追隨包海多年的幾個人正在低聲交談。

其中有一個長的比較斯文的說：總覺得怪怪的，那一大一小之間好像存在某種感情。另外一個講話有點口吃的，猜測說：黑子可能是包海的骨肉，很可能是瘦瘦黑黑的包海強姦兄嫂成孕，為了掩飾醜聞，包山只好啞巴吃黃蓮。那一番推理，其他的人覺得合情合理。但是有個最年長的表示，他曾經斗膽問了包海，包海非常生氣，把他打了個半死。

小狗雪若搖搖頭，甩掉那些沒營養的閒言閒語，專心一致地觀看黑子的質詢。

「我要問叔父大人，到底是為了甚麼大事，九年前的一個晚上，竟然背著茶葉簍子，三更半夜一個人到錦屏山裡去？」

「我……。」包海在黑子的威儀之下，竟然慌張得說不出一句完整的話。

「我再問您一遍，叔父大人。九年前，您為甚麼一個人在三更半夜到錦屏山？還有，您既然遇見老虎，為甚麼能夠全身而退？到底有何妙計。」

「我……。」包海雙目游移，一看就是有難言之隱。

「叔父大人，請據實以告吧！」皮膚黝黑的黑子好像全身透出一種光芒，額頭那道月痕更是明亮。小小的身軀站立在太陽下，散發出一股神聖高貴不可侵犯的氣勢。

「以前的事情，我記不得了。」

「以前的事情記不得了，那我問您現今的事情。」

「你……。」包海的聲調開始發抖，神情有些狼狽。

「據說，叔父大人和江湖道上的人私相授受。名為入山擒虎，實際上另有陰謀。」

此言一出，全場沸然。紛紛有人提出疑問：「此話當真？」

眾人一看包海一副作賊心虛的模樣，全都信了黑子的話，紛紛又提出疑問：「到底是甚麼陰謀？」

千夫所指，縱然是臉皮比城牆還厚的包海也招架不住，只好向包員外投以求救的眼光。

「黑子！」包員外顯然知曉內幕，有點惱羞成怒。只得再次站起來，說：「不得無禮。」

「是的，祖父大人。」

包員外不得不為自己的二兒子找了個臺階下，大聲宣布：「有關組織鄉勇，入山擒虎的提案就暫擱一旁。老周的事，不再追究。天色將晚，就此散會。後院已經備妥酒菜，各位鄉親用完之後再回去吧！」

就在包員外的一聲令下，村民逐漸散去。小狗雪若不由自主地聽到一個胖大娘跟一個瘦瘦的姑娘說話。

「三、四年前，我就聽說包員外家有個黑少爺，我起初還以為只是個渾名罷了，頂多只是膚色稍暗。沒想到有機會相遇，倒把我嚇了一大跳，簡直和唐朝畫裡的崑崙奴沒兩樣，站立在夜色裡，甚麼都看不見，只剩兩點眼白。他又不愛笑，否則還可看見一排白牙。不過隨著年歲漸長，膚色漸漸正常。其實除了黝黑的皮膚之外，身材比一般兒童高挑，面貌也算整齊，只是舉手投足之間透露著連大人都不及的氣勢。就像方才和包禍心舌槍唇戰，就是活生生的例子。」

「大娘，妳有所不知。我跟妳說一個包家幾乎都知道的祕密。」瘦瘦的姑娘自稱是包山之妻李氏的貼身丫環，反過來跟胖大娘咬耳朵，說：「剛才包少爺稱呼包員外稱呼錯了！」

「難道是……？」

「包少爺其實是包員外的三子。有關他的傳言，據包禍心對外散布的消息，包黑是西瓜精投胎。又有另外傳言，包黑出生時，包員外夢見一個左手拿銀碇、右手執硃筆的怪物，所以無法視如己出，就交給包禍心把親骨肉丟到錦屏山餵老虎吃。殊不知被我們家夫人知道了，趕緊叫包山大爺去救回來。」

「有這等事？」

「我們家夫人真是個捨己為人的好婦人，為了怕奸人所知，再次毒害包少爺。就把親生的兒子送給別人，把婆婆的兒子當自己的兒子扶養，妳說感不感人？是不是可以號稱天下第一等賢德人？」

「這等事，妳如何得知？」

「兩年前老夫人壽辰，感懷傷情。我們家夫人不捨，只能據實以告。我就在旁服侍，親耳所聽。如今眾所皆知，只是家醜不可外揚，不可明講，只可暗說。」

小狗雪若為了要更清楚偷聽胖大娘和瘦姑娘說話，就亦步亦趨地跟著她們，慢慢離開了會場。胖大娘發現後頭跟蹤而來的小狗雪若，對瘦姑娘說：「哪來這麼一隻整齊體面的小狗？從來沒看過，應該是條沒有主子的野狗，趁著沒注意抓回家去，煮一鍋香肉，給我那當家的補補身體。」

「那倒是可惜了，這麼俊俏模樣！我倒是想捉回去養，給我做個伴。」

乍聽之下，小狗雪若頓時感到五雷轟頂，不等四隻手伸過來抓，早就夾著尾巴跑回長保兒和小興子的身邊。

「黑子好厲害，才三言兩語就把包禍心那小人解決掉。」

小狗雪若聽到小興子不停地讚美黑子，說得長保兒露出不高興的表情，轉身便走。小興子依然不死心地跟著他，嘴巴還嘀嘀咕咕的。小狗雪若想要跟著他們走，但是又顧忌著長保兒身邊的大花狗發發。俗話說的狗頭軍師，不都是鬼靈精怪嗎？萬一被那自命不凡的發發看出些端倪，或是以為自己回心轉意，願意當牠的女朋友。那不就慘了嗎，所以保持距離，以策安全。

「你到底有完沒完？」長保兒轉過身推了小興子一下。

「你要去哪裡？」

「我要去看我娘，你沒看見她剛才昏了過去。」

「我跟你去看我姑媽。」

「隨你，跟屁蟲。」

不到幾個時辰，小狗雪若已經弄清楚，雖然小興子早長保兒六個月出生，但從來不叫他表哥。她覺得長保兒不喜歡小興子的娘樣，覺得當他的表姊似乎還更恰當。

小狗雪若遠遠看著他們兩個小男孩以及發發往女眷區走去時，小興子的爹張得祿，也就是長保兒的舅舅正上氣接不住下氣的跑過來，看到他們才露出如釋負重的表情。

「小興子、長保兒，原來你們在這兒，害我找了老半天。」

「爹，您找我？還是找長保兒。」

「找你。」說著，就把小興子拉開。

「可是我要跟長保兒去看姑媽耶！」

「等會兒再去不遲，咱們先去看看包大奶奶。」

「她幹嘛老要看看我？」小興子扭著小小的身子，似乎不怎麼願意。

「你這孩子，說有多任性、就有多任性。包大奶奶和你投緣，喜歡你才要你去看她。」

「這就奇了，您和娘都不在包家幹活，而姑丈在包家幹活，姑媽以前也服侍過她，為甚麼就不喜歡長保兒。」

「你這孩子，心有幾多個竅，那來這麼多疑惑。」張得祿拉下臉來，冷硬著聲音說：「哼，才一張小嘴，那來這許多的廢話，咱們立刻走。」

「不！」

小興子這小鬼仔竟然敢違抗父命，看得長保兒目瞪口呆。

小狗雪若抬頭看見，張得祿高高舉起手來。眼看著一巴掌就要落在小興子那蘋果般的小臉蛋時，她的耳畔響起舅舅一聲長嘆。張得祿硬生生地抽回那隻巨掌，然後悶聲不語地將小興子攔腰一抱，快步地走開。望著他們父子倆的背影，小狗雪若心中忽然強烈地想念自己的爸爸。

第四章　夢似清風

小狗雪若不敢隨長保兒和發發回家，自己隨意找了個地方窩下來。順便一提，來到包家村之後，小狗雪若發現了她和能言石的另外一種溝通功能。她能夠在睡眠中，和能言石融入一體，進入能言石的世界，並選擇穿越它能夠記憶的一個時段。

她記得當她還在家的時候，就做過很多次的實驗，人石合一後，少女雪若在夢中化成了一道清風，吹進了怡紅院、瀟湘館，陪寶玉神遊太虛、和黛玉一起葬花、偷窺海棠春睡的史湘雲。那真是有趣的經驗！可惜賈寶玉弄丟了能言石之後，少女雪若的紅樓夢也就告一段落。因為後來的經歷，全部被能言石自我刪除掉了。

唯一的遺憾，凡是能言石沒有經歷過的，不論是少女雪若或是小狗雪若都沒辦法穿越到那個時空。否則她就可以不斷地重溫和母親相處的時光。

七年前的大年初二，母親離開了父親和雪若。感謝上帝的慈悲，祂讓雪若全家在那一年的除夕不至於孤單悲傷，也讓她們三口喜氣洋洋地在大年初一迎接新春。然後就像習俗，女兒初二回娘家，雪若的母親才結束人世間三十年的旅程，回到天家。直到接近午夜時分，母親留下傷心欲絕、淚流滿面的父女兩人，依依不捨、無可奈何地臨開塵世。

雪若和母親只有七年的母子情緣。自從有記憶以來，母親總是病懨懨，沒甚麼精神。但是遺留下來的照片，總是美麗而快樂。不論是一身華服參加親友的喜宴，或是淡妝素雅的依靠在父親的身邊。不論是抱著小小的雪若在動物園、看猴子爬欄杆，或是牽著步履不穩的雪若在如今依然香火鼎盛的仙公廟（指南宮）、一步一步地爬著階梯。後來病情轉重，雪若的母親被送進臺大醫院的重症病房。依照規定，兒童不可探病，但是生病的母親太想念雪若了，於是透過特殊的安排，讓母女相會。見面的情景，雪若已不復記得。但是有一種感覺讓她永不會忘記，就是頭髮被雨滴濕潤的感覺。

但是雪若還是有辦法，不必依靠能言石，而是依照她自己想出來的辦法，竟然也能把白日夢營造地栩栩如生。

她最常做的夢，三更半夜裡，自己一個人穿著睡衣、赤著腳，走了好長好長的走廊，走到母親的房間。她將房門打開一條縫，在昏暗的燈光下，偷看躺在床上的母親。有時夢見母親呼呼大睡，有時夢見母親似乎只是閉著眼睛。有時夢見母親會忽然睜開眼睛，露出溫柔的笑容，然後跟雪若招招手。夢中的雪若有時會正經地說：不要胡思亂想，有時會調皮的說，眼睛閉閉，明天帶妳去看戲。夢中，母女兩人緊緊依靠在一起，有時多說話，有時少說話，有時不說話。

穿越時空，進入一千年前的包家村的第一個晚上，小狗雪若夢見母親半夜起來喝牛奶。昏黃的燈光下，看起來安靜美麗。母親發現她在偷看，露出不好意思的笑容。因為化療而頭髮稀疏的容顏，有一種樸實無邪的天真。夢中的雪若說她也要喝，行動不便的母親拿著馬克杯，倒了三小匙奶粉，注入熱水，慢慢地攪拌好後，放在雪若的面前。母女倆喝著牛奶，就這樣有一搭沒一搭的聊著，不知不覺窗外已經亮了。牛奶色的天空有兩朵一大一小的雲，慢慢地飄、慢慢地飄……。

關於這次的穿越時空，能言石曾經輕描淡寫地說：蟲洞不是被發現，而是被創造。她多次向能言石請益，總是不得要領，因為它的解釋太深奧了。雪若忽然想起，曾經偷聽過吳雲醫師和一個被診斷為妄想症的男性患者。當她和能言石提起這段故事時，能言石竟然說那不是妄想，而是真實經歷。那個時光離合器應該是一部能夠發射強大能源的機器。

「能夠發射強大能源的機器？」

「是。」

「然後呢？這和穿越時空有甚麼關聯？」

「這是一個知難行易的問題，我無法在短短的時間說清楚。這樣解釋好了！不同的溫度會造成水形成固態、液態和氣態的變化。同理可證，任何東西也會因為不同的能源而變化形態。極致的能源強度所導致的物理化學變化，甚至會超越妳們人類目前所理解的科學現象。例如，比光速更快的速度、比絕對零度還低的溫度等等。」

「我懂了，質能不變。」

「這種能量還可以運用到生物的變化。」能言石滔滔不絕地說：「生物的變化通常是經過內部基因的改變或外在環境的影響，而且必須經過漫長的時間，結果還不一定令人滿意。但是經過類似時光離合器的能量物化處理，會把生物體解構成非常小、非常小、非常小的物質，比妳們現今人類所知道的基本粒子還要小。然後呢？再重新建構成另一個生物體。例如，隱身術、瞬間移動、或是孫悟空的七十二變等等。當質能轉換時，所有的正參數都趨向無限大，而負參數都趨向無限小的時候，便可以在不同時空穿梭自如。」

「所以，石頭哥哥，你具有這個能量。」

「能量是量化的說法，還是有所限制。能力是比較適當的說法，因為是無窮無盡。」

小狗雪若把身體渦捲起來，將能言石含在口中。閉上雙眼後，感覺自身慢慢旋轉起來，好像是一杯被轉動的咖啡，由慢加快，快到不能在快時，也就是比「粉身碎骨」更粉碎時，再由快變慢，然後形成一種類似「意念」的現象。她知道自從來到包家村，自己必須盡快了解這次時空之旅的部分重要情節。於是，她再度在夢中化成了一道清風，吹向當事人的記憶。

第一夜的夢境開始在十年前的一個早春。嚴格計算，應該是小狗雪若來到包家村的十年前。

當輕霧籠上枝頭的櫻花，化成清風的雪若刻意地吹弄黑白雙心魔的頭髮，還有掛在他脖子上的墨石，也就是能言石。

黑白雙心魔披著殘破的斗蓬，扶著藜杖，衰弱地走過橋東，像一匹受傷的瘦馬向一家取名「花香居」的小花園走去。當他無意看到那隱約在雨潤煙濃的招牌時，還有滿牆如雲似霧的白梅，以為到了春神的家。一股溫暖湧上來，瓦解了他長久以來堅持的意志力，然後軟軟地昏倒在花徑苔階。

那真是一個百媚千嬌的花園，清風雪若情不自禁地想起自家的花圃，還有爸爸，還有不知道將來會是甚麼狀況的自己。

李謙謙從小隨著父親李鈞走遍大江南北，看慣腥風血雨，也嚐盡生離死別的痛苦。小小芳心於是寄情花草樹木，隨時隨地採集一些花花草草，做成標本或是保留一些種子之類的。說也奇怪，不論是枯枝或死種，只要經過李謙謙的綠手指，它們就會昂然吐芽。然後欣欣向榮，給大地帶來無限生機。

她雖然習得一身好武藝，性情卻不適合在江湖行走。所以在經得父親的同意下，十五歲那年，小奴家一人在京城附近找個地方獨自落腳。由於全心全意植花種草，把自家小小的宅院巧手經營成一座花團錦簇的庭園。三年之後，只見滿園處處奇香異色，不但招蜂引蝶，更惹人注目，名氣逐漸傳播開來。但是文采平凡的李謙謙只隨隨便便地掛了個以「花香居」為名的招牌。

「花香居」沒有優雅的園景，也沒有婉緻的建築，只有隨風飄送的花香草香，還有巧奪春色的萬紫千紅。且不說桃紅柳綠總是春，夏有荷花秋有桂花，縱使在瑞雪紛飛的冬季，也有嬌容燦爛的北國玫瑰和幽幽遠遠的疏影暗香。李謙謙就這樣坐擁花城，過著縱情自由、卻有一點點寂寞的日子。

當黑白雙心魔醒來時，只見到茜紗窗外，一點明月窺人。而紅綃帳內，一枝濃艷露凝香。

自從那年被狂風沙捲入地底洞，隱身做囚。然後好不容易靠著一粒具有神奇法力的墨石的啟示，習得一身驚世絕倫武藝，又透過墨石觀察出自然奇觀、人間萬象。後來更藉著墨石，離開地底洞，再入凡間，重新做人。歷經千山萬水，穿過無數花街柳巷，就是從來沒有遇過真正喜歡的女人。當那幽幽惚惚的倩影捧著一碗香氣四溢的肉羹，嬝嬝娜娜靠近身來時。飽足了食慾之後，幾番相談，兩人不但相見悠悠恨晚，更是一見油然鍾情。燭影搖紅，既然佳人欲拒還迎、含笑不語。黑白雙心魔塵封已久的情慾，便如春陽下的冰河，迅速地融化，然後浩浩蕩蕩地奔騰起來。彭湃地穿過溫香軟玉滑潤的岩峽，迴旋出激情的渦流，猛烈地衝撞凹凸玲瓏有緻的石崖，綻放出永不休止華麗輝煌的水花。

清風雪若羞紅了臉，只在窗外徘徊，把屋簷下的風鈴弄得響叮噹。

就這樣一段不被世俗所容許的孽緣，在一個歷盡滄桑的流浪漢和一個純情奇女子之間迅速滋長。

好花不長開，好景不常在。七天後，「花香居」的花兒忽然都枯了，「花香居」的主人也哭了。因為她所愛的男人選在月亮最圓最亮的晚上，不言不語、無情無義地離去，卻有心有意地留下一塊墨黑的小石頭。情絲糾纏，慧劍難斬。李謙謙決心放任風吹花落，離棄「花香居」。為了不忘本，留住父姓。為了追愛，改名尋梅，只因為那個叫做「古魯梅達」的男子，名字中有個「梅」。從此浪跡天涯，追尋她回憶中的那朵黑蕊白梅。

李尋梅將那塊黑白雙心魔遺留下來的石頭，請玉匠琢磨成一塊玉珮，取名「墨玉」，以金鍊穿過，日夜貼身佩帶。說也奇怪，經過這番改變，能言石就失去了靈性。

清風雪若心中明白，這並非侷限於外觀的改變，而是身為能言石的主人為情所困，整日情思昏昏，除了情字之外，別無心思。這個情形和能言石被當成通靈寶玉一模一樣。所幸能言石的靈性和魔力是慢慢消退，所以雪若還可以將自己本來是黑白雙心魔背後的一道雪若清風，化成了李尋梅身上的一陣雪若清風。

夢中的清風雪若才一轉念，李尋梅在離家兩個月之後，因為陰錯陽差地打敗了個姓馬的江湖人士，而成了武林中小有名氣的女俠。清風雪若並不費心追究那個姓馬的到底是何方神聖。為了想念黑白雙心魔，李尋梅永遠是一襲純黑的勁裝和黑巾包頭，一面黑紗遮住酡顏，更以黑絲繡花手套緊密包住柔荑。唯有那雙金蓮穿著雪白色的弓鞋，彷彿剛從綿綿雪地歸來。這一身打扮自然是為黑白雙心魔而打扮，也因輕功了得，江湖人士為她取個封號，「踏雪歸來不留痕李尋梅」。

良夜悄悄、蘭閨寂寂，她總是溫柔地把玩黑白雙心魔留給她的墨玉。睹物思人，滴滴珠淚盈眶。這番情癡，也讓清風雪若跟著她長吁短嘆。嘆著嘆著，也讓她不知不覺唱起爸爸常常唱的「望春風」。

獨夜無伴守燈下，春風對面吹；十七八歲未出嫁，想著少年家，
果然標緻面肉白，誰家人子弟？想要問伊驚歹勢，心內彈琵琶。
想要郎君做尪婿，意愛在心內；等待何時君來採，青春花當開。
聽見外面有人來，開門甲看覓；月娘笑阮憨大呆，被風騙不知。

清風雪若想著爸爸，思念之情油然而生，歌聲格外淒涼。

孤燈下的李尋梅聽著風聲，幽幽地說：這風兒彷彿了解我的心情，吹得如此哀怨，好像為我坎坷的愛情在悲鳴。

無奈命運捉弄人，當李尋梅的名氣正蒸蒸日上，她發現自己懷孕了。

未婚懷孕，這可是家門不幸，欺宗辱祖的滔天大罪。李尋梅當機立斷，立刻南下至廬洲府合肥縣，找了個農家安頓。

當清風雪若正要繼續與李尋梅走向未來時，竟然被大花狗發發弄醒。

「你要幹甚麼？」

「妳幹嘛緊張，我只是來說聲早安。」

「哼！」說聲早安？整個身體都爬上來，簡直是性騷擾。

「原來妳睡在這裡，我找了很久。我覺得妳的氣味很奇怪，一點都不像狗閨女。」大花狗發發東張西望之後，涎著狗鼻子，說：「妳的睡相真可愛。」

小狗雪若已經習慣狗兒打招呼的方式，也不躲避。只是一逕不理大花狗發發，伸個懶腰，迅速站起來。肚子有點餓，希望能夠找到好吃的。抬頭看見準備出門的長保兒走去，立刻搖著尾巴跟隨過去。

「長保兒！」

長保兒聽有人喚他名字，回頭一看，原來是黑子，立刻恭稱一聲：「少爺」。

「我們甚麼時候去牧牛放羊？」

「您要去牧牛放羊？」

「是啊！老員外認為我已經九歲了，與其整日無事閒逛，不如學點本事。」

「我有聽我爹說過，不過這事不急。少爺，您說何時開始，我們就何時開始。」

小狗雪若知道這又是壞心眼的包海夫婦所想出來的計策。

「你我是好朋友，叫我黑子即可。少爺長、少爺短，未免顯得生分。」

「但是我爹和我娘可不依，見我如此主僕不分，沒大沒小，免不了一陣挨打挨罵。」長保兒指著小興子和他爹離開的方向，幽幽地說：「我命沒小興子好，他爹從不打他。」

「小興子他爹疼他，他娘倒不怎麼樣。」

長保兒和黑子同年，雖然有時一起玩耍，但是畢竟階級有別，加上長保兒有點孤僻，從來沒有攀附之心，所以感覺上仍然有些距離。

據小狗雪若觀察，黑子行為端正，談吐中規中矩，從不道人是非。今天這番光景，似乎有所隱情，想要窺探甚麼。

黑子見長保兒低頭不語，並不見怪，解釋說：「我的情形和小興子倒有幾分相似，爹從不打我罵我，彷彿我是他的同輩。至於娘，寵我疼我，但總覺得和一般母子不同。」

「您想太多了吧！包少爺。」

「你不想和我當朋友嗎？」

「長保兒不敢！」

「你又見外了，長保兒！」

「既然您堅持要小的直呼尊名，那長保兒就只好恭敬不如從命。但是我心中打定主意，人前依然尊稱您為少爺，人後就叫你黑子。」

「罷了！不為難你便是。」黑子搖了搖頭，欲言又止。

長保兒一時之間也不知說些甚麼才好，就說：「我要去看我娘。」

「哦！那你就快去吧！」他拍了拍長保兒的肩膀，說：「有我爹在，沒人敢為難你爹和你娘，但是凡事依然要小心為妙。」

「謝謝你，我走了。」彷彿附和似的，發發向黑子低吠了三聲。

小狗雪若覺得那條大花狗發發似乎懂得人性，很會拍人類的馬屁，自己必須格外小心。不要因小失大，避過人類的耳目，卻讓毛朋友壞了大事。於是，小狗雪若決心以後盡量避開大花狗發發。她抬頭望望黑子和長保兒，決定離開黑子，小心翼翼地跟蹤長保兒溜進包家後院。

村民大會結束之後，空地立刻搭起了篷帳。桌椅迅速擺妥，鋪上紅巾。桌上放著碗筷，椅邊則列著酒甕，彷彿向對他們行注目禮的客人說：「食不足不散，酒不醉不歸。」

只見幾個長工模樣的閒人各據一方，等待酒菜上桌之前，有的喝茶，有的嗑瓜子或剝花生米吃。老周就在其中，正高談闊論，好不神采飛揚，方才的窩囊氣似乎已經一掃而空。

酒菜陸陸續續上桌，小狗雪若發現每一桌中央擺了一個好大的火鍋，濃郁的香氣讓她想起和父親一起過年。

雪若的母親離世後，每當年節，不諳煮食的父親就隨意買些熟食回家。小狗雪若記得當時過年，很多親戚都邀請她們父子去和他們過年。但是總覺得自己無法融入，沒有辦法重溫母親還在世，那種真正家人團圓的歡樂氣氛。

後來經濟改善，雪若的父親比較會料理食物，也懂得經營家的氣氛。不知道從哪一年除夕的年夜飯開始，父親一定會準備火鍋。那時候的火鍋是要加木炭，有個小小的煙囪，油湯翻翻滾滾，不但會冒煙，還會發出美妙的聲音。後來隨著時間改變，換上電爐、電磁爐……。父親準備的火鍋固定一律是鰱魚頭。雪若不愛吃魚，所以貼心的父親刻意加了很多肉絲、香菇、蒜苗，還有很多很多配料。雪若尤其愛吃煮的爛爛的白菜。

想到這裡，小狗雪若開始流眼淚。淚眼模糊中看見大花狗發發正在大快朵頤，似乎把自己這個心目中的女神都忘了。看到大花狗發發狼吞虎嚥的樣子，悲傷的情緒被沖淡了不少。抬頭一看，長保兒正乘亂摸了一把乾果子，然後往廚房走去。

小狗雪若正考慮要不要跟過去，因為廚房對於貓貓狗狗而言簡直是極危險的地方，隨時會有被燙傷或割傷的風險，甚至可能會被脾氣暴躁的廚娘用掃把打傷。另外，自己雖然盡量保持清潔，可是難免會傳染可怕的細菌。至於吃食，感謝能言石讓她隨時都能夠找到沒有污染的食物。穿越時空之前，能言石已經跟她保證，化身小狗的雪若除了外力所致，絕對不會有內在健康的問題，不過小狗雪若還是非常謹慎。

「勾勾、勾勾。」

小狗雪若嚇了一跳，難道勾勾也跟著來了嗎？定睛一看，原來是長保兒在呼叫她。

「勾勾、勾勾。」

仔細一聽，原來長保兒說的是：狗狗、狗狗。因為口音不一樣，所以聽起來像是勾勾、勾勾。小狗雪若一時不知如何回答，只能啞著嗓子，嗚呼、嗚呼地在喉嚨發聲。

「哈哈，原來是一隻啞巴的小狗！」

「你才是啞巴！」小狗雪若雖然心中嘀咕，不過覺得當一隻啞巴狗倒是挺不錯的。

「我家裡已經有一隻狗了，妳不要跟著我。」

小狗雪若不管三七二十一，繼續跟著。大花狗發發不在，她可以自由發揮。

「好吧！妳要跟，就跟著吧！我娘在廚房裡面幫忙，運氣好的話，我可以分一隻大雞腿。我吃肉，妳啃骨頭，好嗎？」

「好噁心！」小狗雪若情急之下，竟然說了人話。

「這啞巴狗搖頭擺尾，好可愛！好像花姑娘走路的樣子喔，伊呀、伊呀的聲音陰陽頓挫好像我們人類在說話。」

長保兒的一席話，不但把小狗雪若嚇出一身冷汗，趕緊閉嘴，連掛在脖子上的能言石也驚出一陣光芒。所幸人狗的口腔喉嚨構造不太一樣，共鳴點自然有很大的差異，發出的聲音還是不容易分辨出來。神經不是很敏感的長保兒也沒再深加追究，丟下小狗雪若，走入鬧哄哄的人群中。找來找去，似乎沒有看到他娘的人影，就問一名正在洗豆芽的小丫頭。小丫頭說她看見他娘在包大奶奶王氏的房裡。

這小丫頭十來歲，長得眉清目秀，可惜上嘴唇裂了條縫。小狗雪若聽到有人叫她兔兔兒。因為兔唇，所以講話不清楚。是不是因為講話不清楚，所以特別愛講，聲音也特別高亢。但是沒人愛理她。兔兔兒看見長保兒自己找上門，可不輕易放過他，使勁拉住他的胳膊。

「兔兔兒，你拉住本少爺做甚？」

「本少爺？馬不知臉長，猴子不知屁股紅。」

「兔崽子不知裂嘴唇。」長保兒學兔兔兒講話。

兔兔兒聽不出來長保兒說甚麼，卻看得出來他在學她說話。一邊用洗豆芽的水潑他，一邊罵他：「你要死了，小滑頭。」

長保兒看她真的動了氣，趕緊打躬作揖陪不是，兔姊姊長、兔姊姊短起來。

「哼！這還差不多。」兔兔兒忽然壓低聲音，故作神祕地說：「我且告訴你一個天大的祕密，你可不許對人說喔！」

「妳要告訴本少爺妳偷看陶哥兒打馬槍的事？」長保兒笑著說：「還是劉姨娘偷漢子的事。」

陶哥兒是包家村裡的第一美男子，十八歲了，還沒娶親，是每個少女只能想、不能說的心中事。而文君新寡的劉姨娘，那雙桃花眼、那身浪肉，可是男人們在床上幹活的夢中人。

「要死了，你這滿腦子春畫兒的小鬼頭。」兔兔兒羞紅了臉，氣惱地說：「你啊！滿嘴本少爺、本少爺，可惜你呀！沒有小興子的命啦！」。

「我說兔姊姊，人家是狗嘴吐不出象牙，妳可是兔嘴　不出一個子兒。甚麼小興子、狗頭子，紅日在青天、他是張少爺，我也是周少爺。知道嗎？不要老是想陶哥兒，把心都弄糊塗了，人家早有心上人。」

「你又知道了……」兔兔兒頭一偏，斜眼睨著長保兒，不屑地說：「不提那檔事。我說啊！他們都是少爺啦！但是命就是不一樣啦！」

「哪裡不一樣？我知道，一個是錦衣玉食的少爺，一個是身穿布衣，餐餐青菜蘿蔔地瓜粥的少爺。對不對？」

「對你的頭！你看包大夫人怎樣對待小興子，怎樣對待黑少爺？」

「還不是一個手心肉，一個手背肉。」

「這就對啊！小興子除了長得俊，討人喜歡之外。請問他和包大夫人有甚麼關係，憑甚麼和黑少爺平起平坐？」

聽兔兔兒這麼說，長保兒表情凝重，好像動了心思。

小狗雪若回想剛才聽到瘦姑娘對胖大娘說的祕密：「我們家夫人真是個捨己為人的好婦人，為了怕奸人所知，再次毒害包少爺。就把親生的兒子送給別人，把婆婆的兒子當自己的兒子扶養。難道小興子是包大奶奶的親生兒子？」

看到不再巧言強辯的長保兒，默默無語的模樣，兔兔兒可得意起來，也不管口齒是否清晰，一句接一句地說下去：「其實啊！小興子才是包大夫人的親生寶貝兒。這可不是我亂嚼舌根，是有憑有據的喔！你想想小少爺那身黑，怎可能是那細皮白肉包大奶奶的遺傳呢？而且你知道嗎？包大夫人說她曾經做了個夢，夢見瑤池金母對她說，小興子是她前世的親生兒。」

小狗雪若用靈感去詢問能言石，他輕輕動了一動、微微閃了一閃光，不知道是甚麼意思。不過依照小狗雪若的判斷，覺得兔兔兒所言不假，只是多加了些油、多添了一些醋。

「有這等事？」

「包大奶奶託人暗中調查，夢中之言果然不假。而且包善心大爺和一些身邊的人也都知道，只是嘴巴不說。」兔兔兒聲音更模糊，但是音量不知不覺大了起來，向長保兒耳邊飄來：「連你爹娘都知道。你不怕討打，就去問你爹娘。」

「那黑子的爹娘是誰呢？」

兔兔兒正要說時，突然被站在不遠處的大丫頭厲聲制止。小狗雪若認識她，包海之妻李氏房內的丫鬟秋香。

「妳這賤人，盡在那兒嚼舌根。我去跟上頭說，看妳等一下怎麼死。」

兔兔兒嚇得不敢多說一個字。長保兒也識相，不敢再問下去，悻悻然地離開。東走西走，又折回來原來的地方。

只見黑子依然站在那裡，於是長保兒慢慢走過去。黑子顯然沒有注意到長保兒，忽然轉頭往柳樹坡的地方看去，似乎有人向他招手似的，疾步走過去。被忽視的長保兒神情有些掃興，可能想找其他的小孩玩。但是不知道為甚麼，遙望消失在柳樹坡的黑子，忽然心血來潮地跟上去。

為了破除勾勾的千年魔咒，小狗雪若當然如影隨形地緊跟著長保兒。她心中有個譜，那個千年魔咒一定和黑子有關。這個心中之譜自然是經過和能言石的靈犀溝通所畫出來的。

上了柳樹坡，那裡有黑子的蹤影呢？小狗雪若讀出長保兒的心意，立刻率先出擊，引領長保兒往柳樹坡深處跑去，所幸大花狗發發沒有跟來。

柳樹坡顧名思義，是個長滿柳樹的小山坡。長保兒和小狗雪若穿林行走，拂面的不只是暖暖的春風，還有翠綠的柳絲。忽然吹來一陣怪風，滿天滿地白紛紛的柳絮，長保兒不知道自己是怎樣，看到黃毛的小狗雪若變成了小白狗。但是小狗雪若抖了抖身子，小白狗又變回一身黃毛的小狗雪若。但是，沒多久，黃色的小狗雪若又變成了黃白相雜的小花狗，然後又變成了小白狗——真是有趣。

這個地方，小狗雪若熟得不得了。因為此行之前，還在自己家中，天天看著古畫。其中的一筆一畫、一草一木記得清清楚楚，等於把包家村一帶當成自家的後院，所以她估計黑子一定會在春曉亭。

小狗雪若從自家客廳的古畫前面，靠著帶著勾勾的能言石的法力，穿越時空，回到過去。在時光旅行中，時間訂在一〇一〇年左右、當時的北宋，地點是位於廬州府合肥縣偏南方的包家村。春曉亭就是他們落入畫中世界的第一站。

當她起初以小狗的姿態出現時，恰好是方才在會場攪局的潑皮，跟他的幾名友人在亭裡飲酒作樂。只聽到能言善道的他口沫橫飛地說著：「春曉亭就是包家村的迎賓送客亭，因為就在來往縣城的大馬路旁，也是景致最美的地方。從包家村往縣城走，右邊是豔紅的桃林，左邊是潔白的杏林，連綿數里。」

是的！每當春神來臨，桃花仙子和杏花仙子可就得忙了。一邊是紅綃帳，一邊是白紗羅，只要是紅綃帳多了一寸，杏花仙子就連夜趕工，拼在黎明前刻多繡一些嬌蕊。然後桃花仙子不服輸地在春光中，香汗淋漓地挑出幾枝蓓蕾。而春曉亭就在桃林和杏林的盡處，柳樹坡的最高處，所以亭裡的對聯寫著：千桃萬杏凝眸處，柳暗花明又一亭——描寫的就是這番綺麗美景。

長保兒和小狗雪若上了春曉亭，沒有看見黑子。

無事可做的長保兒搖頭晃腦地唸了那副對聯。其實九歲大的長保兒尚未啟蒙，只認得幾個字而已。倒是聽多了，就學那些書生學究唸將起來。上頭那兩個大大的春曉，是認得的，因為「春」字是長保兒他娘的閨名。小狗雪若在旁觀看，覺得長保兒實在是滑稽可愛。

關於春曉亭，小狗雪若曾經聽那潑皮說到——原本這亭子的樣子樸實簡陋。只因為某次巡按大人路過，驚訝於桃嬌杏豔，楊柳依依的絕妙風景，於是賜名「春曉」，並令在座的文人雅士題詩作對。當鄰村的寧老先生唸出：「千桃萬杏凝眸處，柳暗花明又一亭」時，巡按大人立刻拍案叫好，於是眾人便建議重建迎賓亭，改名春曉亭，並把那兩句詩做成對聯，刻在亭中。包家村的迎賓送客亭，重建之資在包員外眼中乃區區之數，但是由鄰村之人掠美，心中甚為不悅。

於是，包家村的宿儒表示，柳暗花明又一亭有抄襲柳暗花明又一村之嫌……語音未了，巡按大人不以為然，說：「天下文章一大抄，何況並無照本宣科，寫景寫意，合情合理，所以『亭』字改得好，改得妙。」

既然巡按大人都這麼說了，大家便不言語。但是偏偏又有個酸儒，咬文嚼字地說那「千桃萬杏」與事實不合，因為桃花和杏花明明幾乎是等數，為何重杏輕桃、厚此薄彼、有欠公平。巡按大人覺得言之有理，立刻下令要那名酸儒去清點桃樹和李樹的數目。原本得意非凡的酸儒一時滿身大汗，老臉無光。而一旁的眾人則竊笑在心，當作沒這回事。事後，包家村又多了一則茶餘飯後的笑談。

小狗雪若還是少女雪若的時候曾經讀過包公傳奇，知道鄰村的寧老先生後來成了黑子的啟蒙老師。其實，黑子真正的啟蒙老師並非鄰村的寧老先生，而是黑白雙心魔。關於這件事，她是透過古畫，經過能言石的說明中得知。能言石曾經千交代、萬交代少女雪若不可執著那些有關開封府包大人的研究論文或民間傳說，務必隨機發生、隨機應變，不可強求、逆天行事。

且說，長保兒在春曉亭站了一會兒，心中雪亮的小狗雪若不斷地吠，不斷地催促他。長保兒笑著跟小狗雪若，說：「原來妳不但不是啞巴，聲音還蠻嘹亮的！」

小狗雪若不理他，拔腿就跑，長保兒跟著跑。

就這樣也不知跑了多遠，跑了多久，他們人狗倆已經在錦屏山的肚子裡頭。長保兒喝住了小狗雪若，自言自語說：「我忽然想起小興子說的那句話——錦屏山裡有鬼。是不是有鬼且不管，只是山裡的小徑縱橫交錯，一旦天黑可就歸路難尋，我且停住。」

行走回頭路的長保兒遙望春曉亭，低著頭看著亦步亦趨的小狗雪若，充滿靈性，越來越覺得可愛，不知不覺就把她當成了小人兒，扯高喉嚨跟她說起話來。

「我想到杏花林裡去玩，說不定可遇見其他的牧童，大家一起玩騎馬打仗。」看著小狗雪若搖頭擺尾，長保兒情不自禁地蹲下來，摸摸雪若那小小的狗頭，繼續說：「而且小興子家就住在那裡——不知道小興子回來沒？我想一定是還和他爹在員外家大吃大喝吧！可是，我不想去小興子家。小興子爹待人不錯，但是他娘，妳知道嘛！勾勾，我的舅媽，我就不怎麼喜歡她了。因為她老是陰沉著一張臉，讓人見了不舒服。」

對於包家村的人文地理，小狗雪若早就瞭若指掌。提起小興子的娘，是附近一帶人見人讚賞的美人兒。長保兒是小男孩子，不了解大人的審美觀，只覺得小興子他娘和村裡的女人，包括自己的娘和黑子他娘，不太一樣。先說頭髮吧！又黑又亮。同樣的粗布衣裳，穿在她身上，偏就飄飄然地好看。唯一的缺點就是她不愛笑，甚至看起來有些憂鬱，彷彿快生病似的。關於這點，小狗雪若聽到包二奶奶李氏，也就是村裡最刻薄的女人說小輿子他娘以前「笑」都賣光了，所以現在想笑也笑不出來。

眾人皆知小輿子他娘和張得祿結婚之前，是住在一個男人都喜歡去的地方。那個地方，好像叫做「暖香閣」。住那裡的女人都有個奇怪的名字，小輿子他娘也不例外，花名「賽玉環」。

小狗雪若曾經在夜深人靜的時候問過能言石，賽玉環是甚麼意思。能言石說明：「玉環就是楊貴妃的名字，唐朝皇帝唐明皇的妃子，長的十分嬌豔美麗。愛洗澡、愛吃荔枝、愛跳舞，惹得唐明皇迷迷糊糊，不喜歡管理朝政。後來一個叫安祿山的起來造反，大家認為都是那個楊貴妃的錯，如果她不死，大家就不打戰。後來，楊貴妃就上吊死了。也有人說，那個楊貴妃逃到海外去了。」

小狗雪若早就聽過、讀過、看過這個故事，但是透過和能言石的靈犀溝通，特別有意思，彷彿身歷其境。她計畫完成解除勾勾的千年魔咒之後，是否再一次穿越去唐朝，拜訪美麗的楊貴妃。

不管如何，賽玉環的意思是可以和楊貴妃比賽，長得一樣美麗，甚至更美麗的意思。小狗雪若想著楊貴妃，也想到吳雲醫師的患者，一個擁有時光離合器、能夠穿越時空的男人，他說他解救了楊貴妃。

能言石的一番話，讓同樣是女孩子的小狗雪若更想多知道一些有關小輿子他娘的事情。

至於長保兒舅舅張得祿能娶得這樣一個如花朵般的妻子，別人不知道或是道聽塗說，小狗雪若知道得一清二楚。為何知道得一清二楚，就不須費心解釋。

張得祿是個老實人，以打工為業，所以有機會到暖香閣去做活，沒想到一看到賽玉環，三魂七魄全部被勾走了。無奈女的是青樓名妓，男的連喝杯花酒的錢都有問題，只能暗懷相思之意。

不知是福是禍——不到一個月，暖香閣的老鴇忽然跑來問張得祿，是否有意娶賽玉環入門。張得祿雖然是個莽漢，但是也知道其中必有因由，只是老鴇的一番言詞把他弄得不知是驚、還是喜，兩個膝蓋兒直打抖。

為甚麼會這樣呢？只有天知地知、當事人知、張德祿平白娶了嬌妻，附帶一個尚未出世的嬰兒。張得祿寧願不知，但是事實擺在眼前。為了堵住村民的悠悠之口，老鴇就從頭到尾布置了一個局，包括張得祿到「暖香閣」工作，然後因為忠厚老實，捕獲了花魁的芳心，春風一度之後，竟然珠胎暗結，就這麼一番瞞天過海，賽玉環就成了長保兒的舅媽。常言說的好——寧可娶婊作妻，不可娶妻作婊。何況從良後的賽玉環也真的洗盡鉛華，安安分分地做個好妻子，生下了小興子之後，以前的事情就被淡忘。

關於賽玉環的來路，小狗雪若了然於胸。因為她曾經在夢中化成清風雪若，陪著保存著墨玉的李尋梅。後來被大花狗發發吵醒，忙忙亂亂之後，找了空檔，又打了一個盹，把原來的夢境又繼續下去。

夢中，雪若藉著能言石的靈性，再次化成清風，陪著化名賽玉環以前的李尋梅，天涯海角追尋黑白雙心魔。

且說未婚懷孕的李尋梅耳聞黑白雙心魔落腳錦屏山，於是一路行來廬洲府合肥縣，隨意找個尋常農家，準備臨盆生子。無奈命運捉弄人，當她一開始以踏雪歸來不留痕李尋梅的名號行走江湖，短短時間能夠有了自己的名號，是因為招惹了個姓馬的江湖人士。

且說這位被尊稱為馬爺的江湖中人，亦正亦邪，所到之處芬芳逼人。有一說：這馬爺天生下來，從娘胎帶來一種奇香。但是真正認識馬爺的人卻不敢苟同，認為他天生有體臭，所以特地拜訪天山道士，從獨角麒麟獸的尿液，提煉出一種香露，天天抹、夜夜擦。

依據馬爺身邊的好友透露，每到青樓尋歡，他尤其愛用那雙大腳蹋踺女子的嬌軀，再命令她們用櫻桃小口或含或舔他的腳趾頭，因此贏得「踏花歸去馬蹄香」的渾名。畢竟不妥，眾人便改口成「踏花歸去馬爺香」的雅稱。久而久之，念來唸去，好像和「踏雪歸來不留痕李尋梅」成了一對。既然郎未婚、女未嫁，身邊好友就起鬨敲邊鼓，想將兩人湊成一對兒。無奈落花有意，流水無情。這個馬香爺並非情癡，只是自尊心強烈受損，因此誇下海口非卿不娶。正事之餘，四處託人打聽李尋梅下落。然而此「娶」並非明媒正娶，而是納妾。

若非李尋梅懷孕，她可以光明正大和馬香爺當面理論，甚至一決雌雄，讓對方死了這條心。然而將為人母的她可不能拿腹中骨肉當賭注。千思萬想之後，唯有隱姓埋名，遁入青樓為上策。因為江湖上沒有人會相信李尋梅會自甘墮落為娼妓。

從此，合肥縣城的「暖香閣」裡多了一名國色天香、艷絕人寰的賽玉環。

清風雪若在第一夜的夢醒時分是在玲瓏可愛的花香居，第二夜的夢醒時分是在風月無邊的暖香閣裡。絕頂聰明的清風雪若猜想李尋梅必定是要張得祿做個現成的爹，可是夢中的清風雪若不知道事情並非如此單純。說不定連當時的墨玉、現今的能言石也搞不清楚，因為真的實在是太複雜了。

且說長保兒和小狗雪若走入桃花林時，小狗雪若有所警覺地吠了起來。

只見前頭有兩條瘦小的影子，聽見小狗雪若的吠聲，雙雙轉過身來，原來是黑子和小興子。看他們親熱模樣，長保兒就不高興起來。

「長保兒，你過來。」小興子遠遠地向他招手，黑子則不言不語地站在一邊，似乎在想甚麼心事。

「小興子，你不去吃香喝辣，躲在這桃花林裡做甚麼？」長保兒問。

小興子說：「我才不稀罕甚麼吃香喝辣，趁人不注意想跑回家，結果半路遇見黑子，就聊了起來。」

「你們聊些甚麼？」長保兒酸溜溜地說：「是不是告訴黑子，你在錦屏山看見鬼的事情……。」

長保兒還未說完，黑子急急地問：「小興子，你說你只告訴我，怎麼連長保兒都知道，你到底告訴了多少人？」

「我……。」小興子也急了，結結巴巴地說：「就……就只有你和長保兒而已。」

小狗雪若看見黑子的面孔出現了嚴寒，說：「難道你沒告訴你爹或你娘嗎？」

小興子低下頭來，說：「沒告訴爹，只告訴娘。」

黑子又追問：「你娘怎麼說？」

小興子答：「她警告我，不可胡言亂語。如果說出去，她就拔掉我的舌頭。」

長保兒皺眉說：「你怎不聽話，和那海二爺一樣，造謠生事。」

「我沒有，我沒有……。」小興子急得擺動雙手，說：「我第一次看見鬼，告訴我娘，我娘警告我，我就沒說。可是第二次看見鬼，不敢對我娘說，就對你說，可是你好像不相信，於是便對黑子說了。」

「黑子相信你的鬼話？」

「他相信。」小興子轉向黑子，乞求地問：「是不是？」

黑子面孔上的嚴寒又加了一層，尤其是額頭那一道月痕，令小狗雪若想起「雪上加霜」的那句成語，只是那霜雪是黑色的。尤其是額頭那一道月痕，宛如電光似地閃了幾下，讓小狗雪若又聯想到哈利波特。

「可是你沒說你看到兩次鬼，我以為你看過一次，只有半個月前的那一次。」

「不！不！」小興子著急地雙頰浮現潤紅，讓小狗雪若想起一首詩「人面桃花相映紅」。不過那純潔的童顏比起樹枝上的紅花綠葉或滿地的落英繽紛，猶勝一籌。

「第一次是一個月前，那天我爹到縣城去幹活，家裡只剩我和我娘。我記得很清楚，吃完晚飯，娘就催我上床睡覺。睡到半夜醒來，我想喝水，卻看不見我娘。我一個人愈想愈怕，就往屋外尋，我一面沿著杏花林外的大路走，一面喊著我娘。再拐向柳樹坡，走著走著，忽然抬頭看見春曉亭裡有個鬼……。」

「你有沒有看清楚鬼的模樣？」黑子問。

「我嚇都嚇死了，那敢再過去看清楚他的模樣。」小興子答。

長保兒不屑地說：「那你怎知他是鬼，說不定是人。」

小興子有些懊惱成怒，說：「三更半夜，誰會在春曉亭站著……，睡飽沒事做。」

「那你呢？」長保兒看見小興子生氣，小狗雪若知道他心中很樂。

「那你呢？三更半夜跑到春曉亭做啥？看不見娘就睡不著，那麼大人了，還這麼膽小，羞不羞人。」

小興子氣得做勢打人，黑子連忙打圓場，說：「如果不是鬼的話，那鐵定是個壞人。小興子，你不去招惹他是明智之舉，不然可能會有大麻煩。回家之後，你娘已經在家了吧！」

「是的！」小興子的大眼睛閃了一閃，說：「她已經在家，不等我開口，就緊緊拉住我，往我房裡跑。」

「她說了些甚麼？」黑子問人的方式，架式十足。

小狗雪若心想：「誰說小時了了，大未必佳。這開封府包大人可真是英雄出少年。」

「甚麼都沒說。」小興子一面回憶，一面說：「只是命令我快點睡覺。」

「你告訴你娘，你看到春曉亭裡有鬼。」黑子彷彿在審問犯人，然後又說：「她的反應如何？」

「她先是楞了一楞，用很奇怪的表情看了看我，然後一面趕我去睡覺，一面警告我，不可以把看見鬼的事情對人說，尤其是我爹，她命令我對天發誓，如果透漏一個字，必遭五雷轟頂。」

「至於前天，你又看見鬼了。這又是怎麼一回事？」長保兒問。

「我方才告訴黑子了，不想告訴你。」小興子瞪了長保兒一眼，把頭扭轉回去。

「等一下再告訴你吧！」黑子對長保兒說：「小興子說要帶我去看怪樹，你要不要一道去？」

「反正我又沒事。」長保兒就說了聲「好」，然後一行三人一狗前前後後地往桃花林的深處走去。走了約一柱香的路程，小興子指著不遠處的一棵約有一人高的樹木。

長保兒率先跑去看，等到黑子和小興子走近，轉過身來啐了小興子一口，說：「這只是棵杏樹，有甚麼怪？」

黑子也看了一下，說：「是啊！這只是棵杏樹。」

小狗雪若看到那株長相奇特的杏樹，不由得想起自己十三歲生日那一天，花兒把花瓣鋪成「杏」字圖案的情形，難道是巧合？還是刻意的安排。

「這可不是尋常的杏樹。」小興子不服氣的說：「怎麼會在一大片桃花林裡長出一棵杏樹呢？而且這樹長的和一般杏樹也不同。」

不錯，被小興子這麼一說，這棵杏樹和小狗雪若常日所見的杏樹的確是有點不同。但是仍看不出來甚麼地方有所不同，只覺得有點邪氣，尤其是那枝椏的姿態宛如一隻張牙舞爪的怪獸，而那似乎比尋常杏花還要碩大的花瓣，就像是怪獸垂死前吐出來的白沫。

「我會注意這棵杏樹，是因為我娘常常來這裡拜拜，一面哭泣、一面念念有詞。」

小狗雪若想，如果現在能夠和能言石靈犀溝通，一切事情就好辦了。可惜，能言石只能在脖子上搖來晃去，無法含在口中。但是心念一轉，想到能言石的警告，不可破壞常序，讓凡人未卜先知。於是小狗雪若不敢造次，乖乖在一旁靜觀其變。

「這杏樹大約有七、八年了。」黑子一面觀察，一面說：「樹種和對面那片杏花林的樹種是一樣的。」

「我們包家村一帶，除了錦屏山及池塘後的雜樹林外，桃花林、杏花林和柳樹坡都是清清楚楚，分分明明。不可能桃花林裡長杏樹，杏花林裡長柳樹。」講到這裡，長保兒用了一個不恰當的比喻：「簡直是君不君……臣不臣……五倫不分。」

小興子自作聰明地說：「會不會有人在杏花林裡摘了杏子，在桃花林裡吃，掉了杏核，然後就長出來。」

「是有這種可能，但是機會不大。」黑子的眼睛瞇了起來，說：「好像是有人刻意種的，是一種記號。」

「會不會是……。」一段故事情節如電光閃入長保兒的腦海中，他脫口說出：「會不會是一群江洋大盜劫取了金銀財寶，埋在這裡，然後種一棵杏樹做記號，以便來日挖取。」

「不無可能。」黑子讚賞地看著長保兒，然後仔細檢查杏樹的四周，之後說：「越看越有可能。只是不知道那些金銀財寶還在不在？」

「挖挖看，不就得了嗎？」長保兒建議道。

「是呀！是呀！」小興子附和著說：「我去告訴我爹，長保兒去告訴他爹，我們合力挖寶，大家都發大財。」

「不行！」黑子否決小興子的建議，強詞說說道：「大人絕對不會相信我們小孩子的話。到時候，包準會挨一陣排頭。因為藏寶之說只是我們的猜測而已。萬一是真的，難保不會讓壞人眼紅，反而惹來殺身之禍。另外，假如消息走漏，讓別人捷足先登，反而不美。」

「那怎麼做呢？」小興子問。

「何不趁著今晚大人不注意的時候，我們偷偷到此地集合，然後展開我們的挖寶行動。」黑子說完，立刻獲得長保兒和小興子的附議。

「既然說定，小興子的家離這裡最近，負責帶鋤頭過來。」長保兒再看了那一棵杏樹一眼之後，就說：「我們現在趕快回包家村，然後當作沒事似的。」

三個小孩擊掌約定，小狗雪若附和地吠了幾聲。能言石閃了一閃，雖然只是一閃，可是那彩虹般的色澤，卻逃不過黑子的眼睛。

第五章　碧落紅塵

回到包家村，雖然已經夕陽西下，可是村民仍然還在吃吃喝喝，顯然這流水席將一直延續到晚餐，甚至更晚。老周臉紅得像關老爺，顯然喝了不少酒。同桌的張得祿已經不勝酒力，伏在桌上呼呼大睡，別說是眾人都扯著嗓子說話，縱然是在他耳邊響了個霹靂，也喚不醒他。

長保兒本來想走過去，卻被小興子拉住。

「你瞧那個怪人。」

長保兒和黑子隨著小興子的指點望過去，只見在最角落的一張桌上，孤單地坐著一個陌生男人。那個人有一頭濃密的捲髮，而且色澤略顯青黃，加上他的銅鈴大眼、鷹鉤鼻、血盆大口和招風耳，分明是個兇殘成性的惡徒。

長保兒想：這就是他一個人喝酒的原因，因為沒有人願意和他同桌。

「他是誰？」長保兒問黑子。

不需要任何人回答，小狗雪若早知道他是誰。她曾經在古畫中看過他，他就是躲在屋後柱子後面的凶惡漢子。她記得他握著一把九鈴青龍刀。如今那把九鈴青龍刀，橫放在他的腳下。

當時她是少女雪若，第一次和能言石欣賞古畫，第二個吸引她注意的就是捲毛獅。所以在能言石介紹黑白雙心魔之後，再來就是把捲毛獅的來歷講得一清二楚。

捲毛獅的本名李鈞，原來是個鏢師。李鈞喪偶之後，不再續弦。獨立教養自己的獨生女，這小姑娘有個好名字，叫做李謙謙。上了幾年私塾，認識了不少字。因為跟父親東奔西跑，練了幾套強身自衛的功夫。小姑娘學文普普通通，武功倒是有過人之處，小小年紀成就了一套不俗的武藝。但是年紀漸長，父親李鈞認為一個黃花大閨女不宜沾惹血腥。李謙謙本人也厭倦了餐風露宿、居無定所的生活。於是就在京城附近，找了個安身的地方，以種花蒔草營生。

後來李謙謙經過一陣轉折，化名李尋梅，重現江湖。這段經過已經從小狗雪若化成清風，在夢中經歷過了。

李鈞得知愛女的荒唐情史，不但被人拋棄，還離家拋頭露面，不由得怒恨交加。千里尋女之餘，誓殺黑白雙心魔。他本來就身手不差，因緣際會，巧得寶刀，如虎添翼。

那把銅刀乃是由千年青銅所鑄，刀背鑲嵌九顆銅鈴，刀鋒則呈渾厚的青光。乃是李鈞從京城某位古董商取得。說也奇怪，李鈞本是一個平庸的武林中人，取得九鈴青龍刀之後，一身武功突飛猛進。縱然是一套平淡無奇的刀法，也如畫龍點睛似地綻放出神效的光華。而他的容貌和體型也起了變化，以至於他的本名也被捲毛獅所取代。

他要找黑白雙心魔和自己的女兒。女兒下落不明，但是聽說那個黑白雙心魔長年在錦屏山出沒，因此千里迢迢而來。雖然他自恃武藝高強，但是尋人卻耗時間和體力，於是就和包海勾結。假借殺虎為名，實為尋人復仇。沒想到包海的說服力不夠，計畫無法如願進行，他只好另謀他法。

小狗雪若回神，抬頭只見黑子搖頭假裝不知道，長保兒倒是興趣盎然。小興子便說：「他是捲毛獅。」

捲毛獅，嗯！倒是人若其名。小興子的爹張得祿是個木匠，到處做活，所以東家老狗生了幾隻小犬，西家甚麼時候來了幾隻狸貓，都逃不過他的耳目。回到家自然會大說特說，小興子聽了之後，必然會誇大其詞，自然成了包家村中孩子圈的情報中心。

「捲毛獅是燕子村的一個無賴……。」

不等小興子說罷，長保兒不以為然地說：「他的長相那麼奇怪，如果是燕子村的人，早就惡名轟動，怎麼我和黑子都沒聽說過？」

「哦！他是月前才搬進燕子村外的一處廢墟，一開始自然引人側目。但是後來安分守己，所以燕子村的民眾也就習以為常。不過，我爹曾經看見他和海二爺一起飲酒作樂。他這回來包家村打牙祭，顯然是海二爺邀請他來的。我爹說黑子少爺在村民大會說的江湖道上人士，針對的就是捲毛獅。」

長保兒看看黑子，黑子低頭不語。

小興子搖了搖頭，說：「他在燕子村出沒，衣衫總是不整，敞開衣襟，露出一大片黑絨絨的胸毛，所經之處，總會襲來一陣臭腥的體味。但是他還是個人，不是鬼，所以除了婦道人家、兒童和膽小怯弱的男人見了他來，紛紛走避之外，大家總是採取你走你的陽關道，我過我的獨木橋的兩不相犯的態度。」

「他來燕子村幹嘛？」

「找人。」

「找誰？」

「一男一女。」

「自掃門前雪，別管他人瓦上霜。」黑子立刻打斷小興子的話，說：「我們吃飽一點，晚上還要幹活。」

為了分散別人的注意，他們三個小鬼各自到不同的地方——長保兒去找他爹，小興子找其他小孩玩耍，黑子自己一個人回內院。其中有一桌，為首高談闊論的人就是村中有名的潑皮，小狗雪若自然不放過，趴在桌下聆聽他們正熱烈的討論捲毛獅。

「你們在聊甚麼？偷偷摸摸的！」剛加入的胖子，滿頭大汗，氣喘吁吁的問。

「那個呀！」唯一穿白衣、斯斯文文的，顯然是個管帳房的，偷偷指了指捲毛獅，偷偷的回答。

「怎麼啦？」

「他今天要離開包家村。待不下去了，只好摸摸鼻子離開走開。」

「我覺得他不是一個輕易放棄的人，搞不好棄明投暗。表面離開，暗中留下來，這樣反而不妙。」

「我還是不清楚他幹嘛？不是找人嗎？聽說是一男一女。」一個正在大吃大喝的青衣矮漢，一面舉杯、一面發問。

「我知道男的，是個外號叫黑白雙心魔的武林高手。女的身分就不清楚了。不過依據捲毛獅的形容，那女的……唉唷！好痛！」

胖子的小腿被數隻腳踢了一下，他知道自己不該多言搶話，立刻閉口不語。

白衣男低聲地說：「不錯，依據捲毛獅的形容，那女的分明是小興子他娘。這也難怪，小興子他娘以前在暖香閣賣笑，可能和這捲毛獅有甚麼恩怨糾紛，所以一路來尋。」

「有甚麼天大地大的恩怨糾紛，已經將近十年了，還這麼放不下。」另一個拿著扇子的書生搖頭說道。

「鐵定是小興子他娘。」青衣矮漢語氣斬釘截鐵。

「此話怎講？」

「自從那捲毛獅出現，小興子他娘就深居簡出，不曾拋頭露面。」書生把扇子刷的展開，得意洋洋。

「被你一說，果真如此。」

男人聚在一起，特愛談女人，何況是個美貌的青樓女子。小興子他娘自從嫁給張得祿，婚後產子之後，雖然洗盡鉛華、安分守己，不過還是有些令人起疑的行為。例如，有人看見她縱身跳越過山谷、有人看見她曾經在桃花林哭泣。還有在多年前，她應邀參加包員外的壽宴，在包黑少爺念祝壽詞時，忽然昏倒。後來，頻頻帶著小興子進出包家，藉著和包黑少爺親近之名，企圖和包家攀龍附鳳。沒想到，當村民開始議論紛紛時，小興子她娘忽然一步也不踏入包家，甚至連村子也罕見她的人影。多年來，大家也幾乎把她給忘了。

小狗雪若聽著、聽著，就睡著了。睡著之前，看見捲毛獅拖著九鈴青龍刀慢慢走遠。

終於挨到月兒在錦屏山巔露出半個臉。

當長保兒和小狗雪若匆匆跑到桃花林之後，黑子和小興子已經在幹活了。只見杏樹的旁邊出現了淺淺的一個土坑。黑子是少爺，照理長保兒應該去接手，但是看到小興子汗水淋漓，不停喘氣，於心不忍，就開口要他休息一下，接下去大展身手。就在這停頓的時刻，小狗雪若狂嗅起來，因為她預感大事將會不妙。

黑子和長保兒愈挖愈深，小狗雪若的心情越來越複雜，造成她的呼吸越來越急促。

當長保兒越發賣力時，黑子阻止了他，然後指示他要用手。於是他們連同小興子、三個跪下來，用手再挖了幾寸，小興子在土壤中掏出了一隻小小的……。

「這是甚麼？」小興子將「東西」交給其他兩人。

急性子的長保兒先搶先贏，研究了半天，說：「好像是甚麼動物的骨頭。」

小興子用快哭出來的聲音說：「不會是人的骨頭吧？」

「沒錯！這是人的骨頭，而且是小嬰兒的白骨。」在長保兒和小興子相互討論時，黑子已經挖出一堆小小的白骨，還有一顆小小的骷髏頭。長保兒趕緊扶住小興子，因為他快要昏過去。

此時，天色已經暗下來，幸好明亮的月光使桃花林看起來不太幽黑恐怖。黑子觀察了好一陣子，從骨堆中取出一小塊黑色的石頭，然後不聲不響地放入口袋。

小狗雪若不知道為甚麼，感覺自己好像生病了，四肢無力，頭昏腦脹。她不知道自己在旁探頭探腦的時候，掛在脖子的能言石竟然掉到剛剛挖出來的小土洞裡，還滑到小小的白骨堆裡。

長保兒望著黑子那張佈滿疑惑的臉孔，儘量不讓聲音發抖地問：「再下來，我們該怎麼辦？」

黑子簡短而果斷地說：「恢復原狀。」

「挖寶不成，卻挖出小嬰兒的骨頭，怎麼會這麼倒楣呢！」長保兒雖然聽從命令，卻在口中喃喃抱怨。

沒想到一向唯黑子馬首是瞻的小興子也跟著發言：「如果只是倒楣也就罷了，只怕這是一場可怕的殺嬰事件。如果屬實，那我們該怎麼辦？」

黑子默默不語，埋首工作。

不論三個小男孩怎麼努力，仍然可看出被挖掘過的痕跡，但是事到如今，也只好將就將就。小興子的臉色蒼白，看起來好可憐。小狗雪若似乎也感覺到氣氛不對，垂著尾巴、默不作聲。幸好，剛才那可怕的感覺減輕不少。

「我們回家吧！」黑子讓長保兒領頭，小興子居中，他個人殿後，小狗雪若自然是跟著長保兒。

出了桃花林，沒多久就到了小興子的家。於是黑子將手中的鋤頭，長保兒將手中的鏟子交給小興子。就在交接之際，他們三人不約而同地伸出右手，擊掌約定——雖然沒有說甚麼話，但是小狗雪若瞭然於心。

小興子家的窗戶沒有燈光，表示家中人已入夢鄉，這倒省卻了被詢問的麻煩，減輕小興子不少負擔。黑子和長保兒在門口站了一些時候，確定小興子真的沒事之後才離開。小孩子畢竟是小孩子，他們以為燈光熄滅了，就表示屋裡的每個人都睡著了。只有小狗雪若從窗戶的縫隙，發現有雙眼睛。她感覺到那雙眼睛正燃燒著冰冷的火焰，看著慢慢走遠的自己，還有黑子和長保兒。

「我覺得事有蹊蹺。」長保兒先打破沉默。

「我想聽聽你的想法。」黑子抬頭望天，黑色的面龐浸在月色下，額頭上的月眉標記透射出莊嚴的白光。

「誰把嬰兒葬在桃花林裡？甚麼時候發生的事？」長保兒嘆了一口氣，說：「為甚麼會長出一棵約七、八年的杏樹？是自然生長？還是有人刻意栽植？」

「還有這個。」黑子從口袋掏出剛才從骨堆裡取出的那一小塊黑色的石頭，交給長保兒之後，說：「這是另外一個為甚麼。」

那是一塊約拇指大小的石頭，玄黑色中混雜著深淺不一的色彩，好像是一堆破碎的彩虹。除了絲線的穿孔之外，光滑的表面似乎有刻痕。

天哪！小狗雪若終於明瞭剛才為甚麼會四肢無力、頭昏腦脹，好像生病了。原來自己不小心把能言石掉在土洞中，混在白骨和泥土之中，被黑子撿去了。

能言石以一塊平凡無奇的石頭之姿和少女雪若相遇。但是在紅樓夢時代，卻是塊通體晶瑩的通靈寶玉。如今能言石穿越時空，回到宋朝時候，就慢慢恢復當年的顏色和樣子。小狗雪若記憶猶新，她化成清風之時，注意到能言石的樣子是從黑白雙心魔的「墨石」被李尋梅雕琢成「墨玉」。只因為能言石被掛在脖子上，小狗雪若無法像少女雪若時時刻刻捧在手中端詳把玩，所以分不出少女雪若時代的能言石和小狗雪若時代的能言石之間的差異。能言石從李尋梅頸上的「墨玉」到少女雪若口中的「石頭哥哥」到底是如何轉折？如今出現在少年包青天手中，等於又回到原來的時空背景，所以解除勾勾的千年魔咒的任務才真正開始！

我該怎麼辦？會不會因此永遠留在這裡，再也回不去了。我再也看不到爸爸、花圃裡的花兒和老榕樹，還有可愛的勾勾。思念讓信心粉碎、現實讓勇氣瓦解，小狗雪若終於理解勾勾的痛苦，只是勾勾是在將來，而自己是被迫成為生活在過去的一條狗。想著想著就嗚呼、嗚呼地哭起來。

長保兒見狀，就把小狗雪若抱起來，輕聲安撫。

黑子用疑惑的眼神看了小狗雪若，說：「我覺得這隻小狗人模人樣的，頗有靈性。」

「被你一說，我也覺得很可疑。莫非是條狗妖？或是甚麼神仙狗之類的！」長保兒趕緊把小狗雪若放下來，然後遠遠避開。

「哈哈，沒有妖氣、亦無仙氣。只是條通曉人性的靈犬罷了。」黑子把注意力轉向手中的能言石，朗聲說：「這塊黑色的玉石，一面刻著『鎮』字，另一面則刻著『魂』字。」

不識字的長保兒把不再是「能言石」的「能言石」接過來細看一番，再還給黑子，同時問道：「鎮魂……甚麼意思？」

小狗雪若很疑惑，通靈寶玉不是應該刻著「莫失莫忘，仙壽恆昌」嗎？再次思想，原來此石雖是彼玉。但是，此一時非彼一時也。所以，此一石非彼一石也。想到出發之前，能言石的囑咐，她心情漸漸篤定，決定自立自強去應付不論是凶是吉的變化。

附著於勾勾命運的千年魔咒和這小嬰兒的神祕之死有關嗎？小狗雪若立刻否定，這只是她魔幻旅程的小插曲。但是自己也不能疏忽，小小的風吹草動可能會造成另一個時空的大災難。

「難道你沒聽說過嗎？」黑子的語氣，似乎訝異著長保兒的孤陋寡聞。於是接下去說：「這是流傳於江南一帶的風俗，如果未滿月的小孩夭折，下葬時務必要以玉石陪葬，避免嬰靈作怪。」

黑子和長保兒邊說邊走，不知不覺已經接近長保兒的家。

恢復信心和勇氣的小狗雪若聽了黑子的話之後，心頭一寬，因為可能是個窮苦人家的小嬰兒，剛一生下來就死了，所以隨便找個地方埋葬。可是反覆思想，心頭仍瀰漫著一些疑雲。總是和千年魔咒有所牽連，這也難怪，畢竟這是她此行的目的。

小狗雪若因為老是掛念著千年魔咒，所以忘記藏在細節的魔鬼。她曾經聽過的村言村語，還有剛才小興子不是說了：「我會注意這棵杏樹，是因為我娘常常來這裡拜拜，一面哭泣、一面念念有詞。」

聰明的黑子不但沒有忽略，甚至深入探討。

失去了能言石，小狗雪若無依無靠，真的只能用喪家之犬形容自己。所幸不但保留人類的智慧，還大大增強了犬類的體能和聽覺、嗅覺的能力。或許自己沒辦法養成隨地小便、東嗅西嗅的習慣，才被黑子看出破綻。

到了分叉路，小狗雪若原本想跟著黑子回家。但是一則怕被黑子看破身分，二則是依照古畫的標示，長保兒才是自己的主人。無可奈何，只能跟著長保兒回家。

長保兒看到溫暖的燈光之後，匆匆推門而入，好像甚麼煩惱的事都被拋到九霄雲外了。小狗雪若對於大花狗發發有所顧忌，所以在屋後，找了一處草堆作為度過漫漫長夜的地方。

失去了能言石，小狗雪若也失去了做夢的能力。

第二天醒來，已經是紅日高掛時分，小狗雪若急急去找長保兒。可是，整個屋子裡除了他娘之外，別無他人。連那隻自以為高「狗」一等的大花狗發發，也不知跑到哪裡去。

小狗雪若依據前幾天四處打聽的經驗，猜想長保兒一定是去錦屏山下牧牛放羊。

誰知走到半路，忽然天旋地轉、雷電交加。小狗雪若抬頭一看，天空裂出一個大洞，滾滾的雲霧形成了一道階梯，正在遲疑，大花狗發發不知從哪裡冒出來，好像要領導小狗雪若似的，拼命往前奔跑。

小狗雪若毫不遲疑地跟著大花狗發發沿著雲霧形成的階梯往上爬，爬到頂點的時候，跑在前面的大花狗發發消失在雲霧中，但是在閃電照亮處，隱隱約約看見一條高大的人影。來不及追究，轟轟的雷聲中，耳邊隱隱傳來爸爸的聲音：這風好大，把牆上的畫都吹歪了。

小狗雪若完完全全恢復成少女雪若，好久不見的纖纖雙手在眼前舒展。另一端是一道往下方延伸的雲梯。往下一看，正是數日不見，如隔三秋的小花圃，花兒和老榕樹正在向她招手，柔聲地說著：「歸來吧！歸來吧！」

「是的！如果我現在下去，就可以回到家裡，然後一切都恢復正常。」

當少女雪若正要舉步前進時，雲霧中出現一道影子。聲如洪鐘，慎重其事地發問：「雪若，妳確定要離開嗎？」

「我……。」

一陣風吹過，露出一張似曾相見的狗臉，牠再問一次：「雪若，妳確定要離開嗎？」

「我……。」

是啊！難道我就這樣無功而返，這不是違背當時對於能言石和勾勾的承諾嗎？勾勾的千年追尋是不是會毀於一旦？一旦被我斷絕，勾勾要在何時才會再有這千載難逢的機會？

捫心自問，吳雲醫師送我的愛麗絲夢遊記，曾經給我的自信、勇氣和夢想，我怎麼都忘了？難道我人生的真諦是知難而退嗎？我要回去過著沒有能言石的平淡人生嗎？

眼見爸爸已經把畫掛好，雲霧也慢慢散去，階梯跟著慢慢消失。

沒時間考慮了，她迅速往回跑。只是太慢了，雲霧散去，階梯消失。少女雪若就從半空中掉了下來。眼看著錦屏山由小變大，再來是山窩中的古廟，不知所措的少女雪若雙手亂抓。迷迷茫茫中，終於抱住一個柔軟的物體。本來是以為是大花狗發發，沒想到雙眼一看，竟然是盤膝端坐在供桌前的黑子。

看到黑子滿面驚嚇，才發現自己赤身露體，又羞又怕，把自己縮成一團。過了片刻，黑子看似已經鎮定，就脫下自己的衣服，披蓋在少女雪若身上，然後再回到供桌前，背著少女雪若盤膝端坐。少女雪若一看機不可失，輕輕踮著腳快速地離開這古廟。剛一出廟門，少女雪若立刻變回小狗雪若，心中的大石頭頓然消失。

當風停雨也停，只見黑子走出古廟，滿臉疑惑地拾起掉落在廟前的衣物，望著在一邊抖瑟的小狗雪若，似乎在思索甚麼。他掏出能言石，言語一番，就笑咪咪地把小狗雪若抱在懷中。冰雪聰明的雪若自然懂得黑子已經發現能言石，不，應該說是墨玉或墨石的超自然能力。只是她猜不出能言石是否跟黑子說出她的身分，還有穿越時空而來的目的。

不，能言石絕對不會說！因為「飛蛾效應」。想到這裡小狗雪若終於可以放下心來。但是猛然發現不多久之前，還是全身光溜溜地，此時被一個九歲大的男孩子緊緊抱住，感覺很微妙，比被大花狗發發壓在身上還刺激，立刻臉紅心跳，無法克制自己。

黑子回家途中，遇見長保兒和大花狗發發。

長保兒看著黑子抱著小狗雪若，露出納悶的神情。倒是跟隨在長保兒身邊的大花狗發發露出既羨慕又忌妒的眼色，對小狗雪若吠了幾聲。小狗雪若也不甘示弱地回應幾聲。

「勾勾！」

「長保兒，怎麼啦？」

「喔！我第一次看到她，就叫牠狗狗。牠竟然舉目看我，好像牠的名字就叫勾勾，好好玩的樣子。還有牠走路的樣子和一般的狗不一樣，拱著背、踮著腳，好像一個勾勾的樣子，又好像在學人走路。真是有趣極了！」

「勾勾，這名字蠻有意思。而且被你一說，倒真是有幾分人模人樣。尤其是那雙大眼睛，滴溜溜的轉，真像是在說話似的。」

於是，小狗雪若被黑子少爺抱在懷裡，風風光光走進包家村。

由於黑子少爺的寵愛，包員外一家大小無不對小狗雪若逢迎拍馬。尤其是服侍包二奶奶的丫環秋香，似乎忘記了曾經追打欺負小狗雪若。面對這些笑臉迎狗的人，小狗雪若警告自己務必謙恭待人待狗，不可狗仗人勢。

隔天，黑子和長保兒在廂房，逗弄小狗雪若玩耍。不識時務的大花狗發發也想加入，立刻被長保兒制止，並趕出廂房。

秋香從廚房拿一張油餅走進來，討好地說：「這是二奶奶做給少爺吃的點心。」

「謝謝。」黑子頭也不抬，只是接過來，就往抱在懷中的小狗雪若嘴巴塞。

當小狗雪若張口欲食，看見掛在黑子胸前的能言石靈光亂閃。不知道真的是耳畔細細傳來能言石的警告，還是從心靈深處引發的幻聽：「千萬不可。」

嚇得小狗雪若渾身顫抖，以至於那張油餅就掉落在地上。躲在廂房外邊，虎視眈眈的大花狗發發，以迅雷不及掩耳的速度，咬了就跑。

長保兒在旁，覺得很沒面子，說：「可惜了一張油餅。」

黑子顯然沒有聽到能言石的警告，不以為意的說：「隨它去吧。」

兩人和小狗雪若玩耍，卻聽到長保兒的爹老周在院子喊道：「不好了，怎麼有條狗七孔流血死了。」

小狗雪若一聽，宛若五雷轟頂，想要跑出去一探究竟，無奈卻被黑子緊緊抱住。長保兒大聲，問道：「爹，這到底是怎麼一回事啊？」

「我也不清楚……我正從西廂那邊經過……看見我們家發發叼著一張油餅跑過來。忽然間……。」老周的聲音忽然被看熱鬧的家丁丫環的議論聲淹沒。

黑子下令：「長保兒，去看看怎麼一回事。」

「是。」

長保兒趕緊跑出去，帶領他爹入屋。

老周一走進來，面色凝重，不顧主僕之禮，嘴巴湊近黑子，在耳邊輕聲囑咐。

「長保兒都把情形告訴我了。那張油餅有毒，幸好少爺福大命大。以後務必事事小心，處處留意。還好死的是狗，不是人。秋香那賤婢一問三不知，還對天發誓。」

若非能言石及時提醒，小狗雪若自知已經中毒而死。感謝之餘，也弄清楚能言石在行前所說的失誤。也就是它在不該說話的時候，為了解救自己，違反天意。它的失誤還讓具有神犬血統的大花狗發發死於非命，是不是這樣呢？大花狗發發的魂魄一定去向牠的祖先告狀，只因天降大任於黑子，又是魁星轉世。所以長保兒承擔所有的罪過，生生輪迴為犬，不得轉世為人。是不是這樣呢？那我如何破除這個千年魔咒？越來越多的疑問纏繞著小狗雪若。

長保兒失去了愛犬，似乎沒甚麼異狀。小狗雪若回想當她還是少女雪若的時候，她很多同學都養狗當寵物，疼愛得不得了。不論小狗走失、生病或死掉，都淚流滿面、傷心得不得了。雖然相處只有短短幾天，但是想到發發瀟灑的模樣，還有對自己的體貼和照顧，小狗雪若還是感到難過，並且在心中暗暗祈禱，希望發發在天國過著愉快的日子。如果發發的死和附身在長保兒的千年魔咒有關聯的話，也拜託能夠保佑自己度過難關。

揮別無家可歸的日子，雪若就在包員外的大宅院裡，過著千金小狗的日子。不過小狗雪若不是很喜歡這種生活，唯一好處是每天可以吃些乾淨可口的食物。黑子吩咐做衣服的丫環替小雪若做了些衣服，讓她不再赤身露體。一個服侍包大奶奶的丫頭，也就是當日村民大會，想要抓她回去飼養的瘦姑娘特別喜歡她，不但幫她穿衣戴帽，還為她量腳縫製四隻繡花鞋。

說的也怪，平時在野地裡都可以一夜安穩睡到天明，現在躺在錦褥繡墩裡，反而渾身不自在。夜深人靜，小狗雪若的聽覺格外靈敏，只聽到黑子和能言石的對話。黑子的聲音清晰，能言石則模糊難辨。

「石兄，我覺得那隻小狗出現得可疑。」

「且說。」

「昨天下午我在古廟，忽然出現一名赤身裸體的女子，我為她披上衣服。可是轉瞬間女子消逝不見，卻出現那隻小狗，上面披著我的衣服。」

「……。」能言石的聲音細小的聽不見。

「莫非是甚麼狗妖怪？或是神仙犬。」

「不可……人言……智者……人心……。」小狗雪若豎起耳朵，終於聽到一點點聲音。

「說得也是，我不是也被人說成魁星轉世、西瓜精投胎。」

「子不語怪力亂神……。」

「石兄，我有一疑問想請教你。只是有點突兀，請勿見怪。」

「直說無妨。」

「你的經歷豈止千年萬年，見多識廣。你有見過像我這樣異於常人的黑人嗎？」

「我曾經在有個很遠很遠的阿非利嘉的蠻夷之鄉，看過比你更黑的人。還有，你不是聽過前朝有崑崙奴嗎？」

「他們是異種。可是，我的面目身形和中原人士並無不同。我的疑問是，且不論我是爹爹的兒子或弟弟，他們可能生下我這一身黑嗎？」

不愧是冰雪聰明的黑子，雖然沒有學過遺傳學，也懂得種瓜得瓜、種豆得豆的道理。

「物有變種……庸人自擾……夜已深……睡吧。」能言石的聲音又模糊不清了，似乎不想再討論下去。

「石兄說得好，天下本無事，庸人自擾之。」

就這樣，小狗雪若也睡了。

睡夢中的雪若依然是隻小狗，可是卻不是自己熟悉的，而是一隻機器狗。

機器狗雪若先弄清楚時間定點是西元三〇二〇年，空間指標是在外太空的「福爾摩沙」星球。真是太有趣了，她啟動「環境認知裝置」，立刻了解到底是怎麼一回事了。

原來地球被垃圾佔據之後，所幸太空科學突飛猛進，使人類能夠移民另外的星球，逃過大災難。歐美日等先進國家憑著高科技，鴨霸地佔領一些資產豐富、風景優美的星球，並且以自己的國家名字命名，例如亞美利堅星球、大不列顛星球、大和民族星球等等，如果沒有科技能力或經濟實力的國家，就揪團共購一個星球居住，例如東南亞星球、南美洲星球等等。臺灣也憑著雄厚的經濟實力，向美國購買了堪稱「寶島再現」的星球，取名福爾摩沙星球。從此以後，人類就過著太空生活，逐漸忘記了遙遠的地球。

後來有個複製人，因為他的基因發生突變，竟然能夠想起一千年以前的地球。於是，憑著記憶和想像力寫了一本書——「根」。結果，不但一出版就銷售一空，更引起莫大的影響力，造成人們對過去的懷念。又紛紛搭乘太空船回地球，憑弔之餘，不禁為龐大的垃圾山、垃圾谷、垃圾海及垃圾城發出讚嘆，因為那種氣勢，使他們對祖先的垃圾製造能力益發佩服。

改名垃圾星球的地球給居住在「法蘭西」星球人很大的啟示。「法蘭西」星球人原本是住在地球的法國，以浪漫和愛情聞名。他們利用碎布條和破銅爛鐵設計最能代表時代感覺的服飾，並從不同的腐爛物製造出象徵「懷念過去」的各式各樣香水。各個藝術家和文學家便從取之不竭、用之不盡的垃圾堆裡找靈感，創造出不同凡響的垃圾作品。當然也不乏標榜以垃圾為材料的名酒與美食。「法蘭西」星球人的成就使他們居住的地方成為太空的藝術中心，並為此建造一座「凡爾賽宮」，不定期地展出有關垃圾的種種活動。

「福爾摩沙」星球人感到憤恨不平，就像他們常常抱怨，老祖宗發明了指南針、造紙術及火藥，可是卻被西方人拿去「發揚光大」。

「垃圾明明是我們的作品，想想看二十世紀末的時候，我們的淡水河，還有處處可見的垃圾堆……」一家報紙的社論這樣寫著。

於是又拼命製造垃圾，「福爾摩沙」星球變成了第二個地球。

由於「福爾摩沙」星球比地球近了許多，喜歡到垃圾星球探險的人轉移目標，「福爾摩沙」星球因此變成了觀光勝地，賺了很多錢，他們甚至還創造了全太空的經濟奇蹟，然後得意洋洋地到別的星球旅行、購物，接受人家皮笑肉不笑的服務。

機器狗雪若正想嘆口氣，竟然發現自己無法發出聲音。非但如此，全身都無法動彈。原來自己是一隻只剩下少部分功能、壞掉的機器狗，被丟棄在被歸類為「機器寵物」的回收場裡。沒關係，這只是一場夢，我一定會醒過來的！但是，一個可怕的念頭閃過她的腦際，萬一這不是夢呢？而是另一道千年魔咒呢？思前想後，不無可能。我該怎麼辦呢？

第六章　白月黑山

夢中的機器狗雪若不斷掙扎，當她醒來，發現自己正坐在書桌發呆。窗外夜色昏暗，父親還在花圃工作。我回來了嗎？她看看自己潔白的雙手，摸摸自己光滑的臉龐。

牆上的掛鐘，滴答、滴答地響著，天花板上的風扇慢慢地迴轉著。雪若望著窗子的倒影，她的臉浸在暈黃的燈影裡，朦朦朧朧地，好像教堂的聖女像，既平靜又美麗。掛鐘敲了八聲，雪若抬起頭來，看了看趴在書桌上畫畫的小男孩。

他那張可愛的粉紅色小臉，專注的神情，還有他每一張畫，讓她斷斷續續回想起不久以前，如夢似幻的時空旅行。

「勾勾，你在畫甚麼？」雪若不知道為甚麼要呼喚小男孩為「勾勾」，難道他才是真正的勾勾嗎？

「我在畫小狗和石頭！那隻和我一樣叫做『勾勾』的小狗和一顆會說話的石頭。」

雪若惘然若失的嘆了一口氣，她實在搞不清楚到底是怎麼一回事？那一塊會思考、會說話的石頭究竟是外星人、高科技的ＡＩ產品、某種地心怪物，還是一切都是自己的幻想。不管了，我好睏，讓我再睡一會兒吧！於是，雪若又掉進另一個沒有內容的夢裡。

轉眼夏至，瓜田裡一顆又一顆的大西瓜在亮晶晶的陽光下成熟。太陽的大舌頭伸得長長地，把整個包家村舔得像個欲溶欲滴的冰淇淋。遠遠近近的風景在一片光芒下，顯得模糊不清，恰如海市蜃樓。風的感覺只是那微微抖動的樹葉。習慣養尊處優的小狗雪若想起當她還是少女雪若，年年夏天，總是被熱浪追殺，被曬成一束乾燥的薰衣草。如今，自己在一千年前的某個夏天，靈魂已經在北極凍成冰山。

這天，秋香來見黑子。

「二奶奶有要事找您商量。」

「有何要事？」

「二奶奶吩咐當面再說。」

黑子點頭答應，就帶著小狗雪若隨秋香去見包二奶奶。

包二奶奶李氏見了黑子，滿面笑容，說：「我昨日到後園，不小心把老夫人送的金簪掉落井中，想不理睬，又恐怕老夫人見怪。叫人打撈，井口狹小下不去。你是個小孩，身體小巧，不如由你下去。」

「好啊，我就下去。」

小狗雪若看著兩個女人將繩子綁在黑子的腰間，然後讓他慢慢入井。放到一半時，刻意鬆手。然後主僕兩人相識一笑，雙雙離開。

把一切都看在眼裡的小狗雪若，跳到井口邊沿，往下一望。只見摔到井底的黑子，不慌不忙地站起來，四處張望，尋找逃生的出口。

黑子看到趴在井口探頭探腦的小狗雪若，做了一個「請注意這裡」的手勢，然後從懷裡取出能言石，奮力往上一拋。機警的小狗雪若躍身，以口含住。

小狗雪若當然知道黑子的用意，他是要自己憑著這個信物去討救兵。但是，她偏偏不這樣做。萬一被那兩個壞心的女人發現，我的小命、狗命就不保了。

再次靈犀溝通，能言石讓小狗雪若想起幾天前在包家村前前後後，走來走去之時，知道後園的牆外有道地溝可通井底，因此急忙趕去營救。可是到了地溝，又覺不妥，因為這麼一來，不是暴露自己的身分嗎？一旦暴露自己的身分，不知道會發生甚麼驚天動地的事情？萬萬不可，想來想去，吐出能言石。於是能言石就像對著陽光的鏡子，閃爍出不可思議的七彩光芒。那七彩光芒更如一尾五色金龍，無比靈巧地沿著地溝，向古井裡面鑽進去，然後領著黑子出來。

好像過了一世紀之久，小狗雪若聽到黑子喘氣的聲音。當她看到他慢慢從地溝爬出來的身影時，趕緊避開能言石，躲得遠遠的。脫離險境的黑子拾起能言石，對於這神奇的法力泰然以對，並不大驚小怪，然後帶著小狗雪若慢慢走回家。

包二奶奶李氏和丫環秋香一見黑子無事人似地回來，驚嚇得合不起嘴來。心想：這小子若非有神仙相助，要不就是甚麼妖怪轉世。當下趕緊念佛懺悔，收起害人之心。

從此，小狗雪若跟著少年包青天，過著似乎是平平靜靜的古人生活。但是她的心中卻是波濤洶湧，焦急地等待能言石如何透過黑子的聰明才智，趕快完成任務，以便早一天回家，看到爸爸慈祥的笑容。

夏日炎炎，卻因為連日風雨，這幾天顯得涼爽舒適。

包家為了黑子的前途，便延請飽學先生來當西席。選定的西席並非他人，便是當年在春曉亭，當著巡按大人和眾人面前唸出——千桃萬杏凝眸處，柳暗花明又一亭的寧先生。

西席人選既定，伴童人選可傷透了腦筋，黑子本屬意長保兒，可是包大奶奶堅持要小興子，因而造成兩派。包員外因為包海夫婦使弄，推薦長保兒。此次，包山夫婦違背父親，還搬出母親包老夫人出馬力保小興子。堅持不下，只好請寧先生仲裁。這下可好，不願得罪雙方的寧先生先開了個頭，先把兩個小孩的名字做了個分析。

江南一帶，在小孩子還沒有正式取學名前，都是被隨口亂叫的。譬如說長保兒，小時候叫阿福。因為他一生下來就不好養，他娘阿春到供奉保生大帝的長興宮要了一只平安符，說也奇怪，就夜夜安寧。因為平安符上頭寫了「添福添壽」四個字，就取了上頭兩個字。但是添福二字又顯得貪心，也不適合小戶人家的孩子，所以就叫阿福。至於後面那個「壽」字就保留給他未來的弟弟。可是長保兒已經九歲，阿壽那兩個字還一直沒用上。為了這件事，長保兒的爹娘有空沒空就挖出來互相埋怨。

至於小興子，他的命格十分與眾不同，非常非常貴氣。這樣的小孩生在尋常人家是會招鬼算計的，所以不取一個十分低賤的名字不可。這也是為甚麼一個長得比金童玉女還俊美的小孩，卻有著另一個低俗的渾名——狗尾子。

聽完寧先生的分析，包大奶奶先做論斷，說：「所以寧先生認為有金童之身、玉女之貌的小興子比較優勢，適合擔當伴童。」

「金玉其外，敗絮其內，更不適宜。」包海不以為然，才說了幾句，包二奶奶湊過來講悄悄話。

包海聽完之後，冷笑連連的說：「我其他的話不多說了！單就這小興子的母親出身青樓，身世不堪。萬一將來我們黑子做了個大官，恐怕有損清譽。」

「可是寧先生不是說長保兒一生下來就不好養，必須靠平安符才能平安無事。而且命宮不佳，無法為爹娘繁榮子嗣。以此推理，長保兒別說能夠為黑子帶來福蔭，恐怕自身難保。」

「你們儘管說長保兒的壞處，卻忘了小興子的最大致命傷。寧先生也說小興子的命格十分與眾不同，非常非常貴氣。這樣的小孩生在尋常人家是會招鬼算計的，所以找他當伴讀，等於引鬼入室，多可怕啊！」

「不要再吵了！這芝麻蒜皮之事，值得這樣大吵特吵嗎？」包員外拍案怒喝：「我當家就我做主，就選小興子吧！」

包海正要開口，被包員外揮手制止。

「寧先生啊，雖然選了小興子，二海說的也是幾分道理。您看怎麼辦才好？」

「命是天生，不如改運。既然改運，先從名字改起。我建議改姓留名，就叫包興。」

村裡村外，表面上不說，人人都知道小興子是包山夫妻之子，黑子是包員外的三公子。如今包大奶奶不顧一切，設法讓小興子進入包家，可見母性之偉大。眾人也了解她的苦心，同情她多年的骨肉分離。只是名不正、言不順，如今寧先生的順水推舟，大家都佩服他做人睿智，做事圓融。

包家上上下下，除了包海夫婦之外，無不歡喜。從此小興子從張興改名包興，雖不敲鑼打鼓大肆宣揚，但是免不了辦幾桌酒菜，宴請一番。

包員外擇日開館，寧先生入了師位，並給黑子起了官名，一個「拯」字，取意將來可拯救百姓於水火之中。起字「文正」，取意文正為政，將來管理國政，必為治世良臣。

從此以後，黑子晝則開始習文，夜則繼續練武。這話怎麼說？沒有人知道，除了小狗雪若。且說日前某個夜晚，小狗雪若沒來由地驚醒，正看到黑子一身烏黑，悄悄打開窗戶，往外縱身而出。小狗雪若怎肯放過，連忙跟著跑出屋外。且見黑子迅速繞過迴廊，穿過花園，輕身跳上牆頭，然後消失在濃濃的夜色中。

小狗雪若憑著嗅覺，知道黑子往錦屏山的方向奔去。

這是怎麼一回事呢？

迷濛的月光下，黑子小小的身影格外詭異。尤其是他奔跑的架式和速度絕對不輸給那扯開韁繩的駿馬，看得小狗雪若目瞪口呆。黑子怎麼會如同傳言中的神仙，會飛耶！她還沒弄清楚到底是怎麼一回事，轉瞬間，早就失去了黑子的蹤影。

除了嗅覺，小狗雪若還靠著回憶中，古畫中的細節，一路上尋尋覓覓。正想回頭時，成千成萬隻的螢火蟲不知從哪裡冒出來，不但照亮了黑暗陰森的樹林。其中一隻最明亮的螢火蟲，好像一吊拇指大小的燈籠，引領她到一棵枝葉茂密的大松樹下。領路的螢火蟲在半空中停住，小狗雪若也跟著停住。

月姊拉開雲簾，露出皎潔明亮的笑臉。遠山的輪廓、近樹的枝枒葉片都看得清清楚楚。小狗雪若遙遙可以看見不遠處、半山腰凸出一塊巨石，上面坐著一大一小的兩個人。

小小的人影從服裝判定是黑子。大大的人影穿著黑白相間的長袍，是位中年男人，因為一頭亂髮，面目模糊不可辨別，只有長長的鬍鬚隨風飄動。因為小狗雪若在樹蔭深處，所以他們並沒有看見牠。如果小狗雪若因不小心引起的吠聲，在他們耳中只是大自然交響曲中幾個突兀的音符。

小狗雪若調整視線的角度，才發現中年男人左手握著一支樹枝，右手不知道拿著甚麼，在月光下閃動著銀光。他說說唱唱，指指點點，黑子則不住地點頭，那光景比寧先生教課有趣一千倍、一萬倍。

大小兩人皆聚精會神，看得小狗雪若彷彿依稀，自己也在受教。那位穿著黑白相間長袍的中年男人正是少女雪若在自家古畫中看過千百回，也是小狗雪若曾經夢中見過一次的黑白雙心魔。他帶領著黑子開始比劃舞動，字字金言和句句口訣正隨著涼涼的山風，輕輕地送入小狗雪若耳中。不知不覺依偎著樹幹趴下來……漸漸地，眼皮沉重下來。

小狗雪若覺得才小睡了一下，夜色卻已將錦屏山全部淹沒。正想起身，四肢卻麻得動彈不得。趕忙活動活動，以便血脈流通。猛然想起黑子，於是仰起頭，透過雜陳的枝葉，往半山腰望去。不看則已，看得她心驚肉跳起來。

天幕綴滿了密密麻麻的明星，小的如細沙，大的如彈丸，光輝璀璨，比白晝還光耀。目及千里，依然清晰可辨。褪去了白日的華彩，星月交輝的錦屏山變成了銀色的琉璃世界。巨石上的黑白雙心魔保持坐姿，黑子已經消失不見。

正在納悶，黑白雙心魔忽然大吼一聲，躍至半空中，如餓虎撲羊似地飛撲過來。小狗雪若嚇得翻滾到一邊，忽然身後傳來一聲小男孩的驚呼。

原來長保兒半夜睡不著，起來小解，剛好看見小狗雪若急奔而過。好奇心的驅使之下，他就跟了過去。跟著、跟著……怎地就跟丟了。

正想走回頭路時，遠遠看見一團移動的光。走近一看，原來是不計其數的螢火蟲，還有睡態掬人的小狗雪若。然後他看見了半山腰凸出一塊巨石上，小興子所說的鬼，一隻大鬼和一隻小鬼。大鬼靜坐指導，小鬼就在旁邊手舞足蹈。時而像陀螺在原地旋轉、時而像龍蟠虎踞般靜止不動、時而像一縷輕煙緩緩上空，時而……千姿萬態，看得長保兒目眩神搖。看著、看著……不知怎地，小狗雪若就醒來，很舒服地吠了幾聲。

「完了」兩個字才在長保兒的心頭想起，耳邊立刻響起大鬼吼叫一聲。然後渾身發著紅光的小鬼，迎面飛來，嚇得長保兒當下昏死過去。

「長保兒，長保兒……你醒醒。」

長保兒微微瞇開一眼，從指縫間偷偷望去，那有甚麼小鬼，只見到滿臉關切之情的黑子。

「黑子，黑子……。」長保兒緊緊摟住他，哭著說：「我剛才看見一隻大鬼和一隻小鬼，還有、還有、青臉紅髮的小鬼，向我飛撲過來，嚇死我了，嚇死我了。」

「沒有的事，別聽小興子瞎說。」黑子環視四周，篤定地說。

「我親眼看見一個頭生雙角、青面紅髮、巨口獠牙，左手拿一銀錠，右手執一硃筆的怪物。我驚嚇之餘，就不省人事了。唉呦！看牠那紅紅綠綠的怪樣子，如果不是鬼，八成是個西瓜精。」長保兒心有餘悸地說。

「這世上那有甚麼鬼怪妖精，都是魔由心生。」黑子想到甚麼，笑嘻嘻地說：「這一帶多的是桃花杏花和柳樹，成精做怪的應該是桃子精、杏子精和柳樹精。如果是西瓜精，應該是在西瓜田那一邊吧！是不是啊？」

看他一副天不怕、地不怕的樣子，長保兒的心神便逐漸穩定下來。黑子笑著問長保兒為何出現在此處？

「我因為起來小解，正好看到勾勾也往錦屏山跑去，就一路跟著牠。」

「你未免也太好事、多事了。」

「我也不知道。迷迷糊糊的，卻見勾勾的尾巴好像一隻手，不停地跟我揮著。好像跟我說：來吧！來吧！長保兒，我帶你去一個好好玩的地方。」

「我看著勾勾很有靈性。」黑子不讓長保兒繼續再說下去，抱起小狗雪若，對長保兒說：「你把勾勾帶回家吧！」

「為甚麼，你不是頂喜歡牠嗎？」

「就是因為我喜歡牠，才會怕牠被人毒害。」

「我知道了。我們家的發發沒了，這隻勾勾正好來陪伴我。」

「勾勾呀！勾勾！」黑子一面把抱在懷中的小狗雪若交給長保兒，一面說：「妳我無緣，感謝妳這些日子陪著我。妳心中明白我為甚麼要把妳送給長保兒，他是一個好主子喔！勾勾要乖乖，有空去看妳。或是妳有空，要常常來看我。」

小狗雪若點一點頭，低聲答應。

這番離情依依讓長保兒差點忍俊不住，也為平時嚴謹律己、不苟言笑的黑子，竟然會對一隻小畜生流露真情，不禁嘖嘖稱奇。

黑子有所警覺，便睜眼說說話：「你看，她真的聽得懂我的話。」

由於黑子的這番話，讓小狗雪若更加堅信能言石並沒有透露她的身分。她偷偷看著黑子黑油油的臉，更顯出眉心之上那道月痕的白皙透亮，不由得再度聯想起哈利波特額頭上那一道閃電的標誌。

長保兒弄清楚剛才看到的不是大鬼和小鬼，而是黑子跟一位穿著黑白相間長袍的男人學習武功，便問：「那個男人是誰？」

「他是來自遙遠的血沙漠，江湖中人都尊稱他黑白雙心魔，也被封為當今武林第一高手，詳細的來歷有機會再慢慢告訴你。今晚所見之事，千萬不可說出去，免得無端惹出是非。」

「我知道。」

黑子拉著長保兒的手，帶著小狗雪若雙雙走回包家村。只見東方的天空出現了曙光，又是晴空萬里、風和日麗的一天。

小狗雪若乖乖跟著長保兒回家，順理成章住進發發的狗窩。回想這半年和黑子相處的日子，感覺很快，宛如一場夢。

閒來無事，再睡個回籠覺吧。就在闔眼之前，眼皮突然被一個念頭猛然撐開。

頭生雙角，青面紅髮，巨口獠牙，左手拿一銀錠，右手執一硃筆，這不就是傳說中的魁星嗎？黑白雙心魔左手握著一支樹枝，右手不知道拿著甚麼，在月光下閃動著銀光。兩相對照，然後推想黑子出生時，包員外所言，是不是一個巧合？還有黑子和能言石的夜半對話，小狗雪若作了以下的推論。

那個中年男人既然是黑白雙心魔，他有特殊的體質，所以黑子應該是他的骨肉，也就是說黑子具有高貴的血沙漠民族的血統。那麼從夢中的啟示，小狗雪若認為黑子的母親就是李尋梅。至於黑白雙心魔和踏雪歸來不留痕李尋梅的小孩怎麼會變成包家村的黑少爺？小狗雪若百思不解。但是，黑白雙心魔在九年之後再度出現包家村，而且親自教導黑子武功，應該別有含意吧！

想來想去又想到自己此行的任務，八字都沒一撇。連千年魔咒的緣由是甚麼都不知道，還談甚麼破解。小狗雪若不但心急，連頭也開始隱隱作痛。尤其是能言石不在身邊，連個商量的對象都沒有。還有，自己是附身在勾勾身上，那麼自己原本的身體到底怎麼了？是跟著消失不見，還是變成像行屍走肉，或是乾脆成了一具植物人。

小狗雪若想到自己的家和花圃，還有一直相依為命的爸爸，嗚伊嗚伊的哭起來。長保兒的父母見狀，以為小狗雪若有情有義，思念前主人。可憐可笑之餘，藉機教訓起長保兒來了。

匆匆到了大暑，包家村爆發了一件驚天動地的案子——小輿子和他娘雙雙不見了。

第七章　雛鳳瀟湘

這天，小狗雪若窩在狗窩睡覺，忽然聽到前屋的柴扉響起了急促的剝啄聲。於是好奇地往前廳走去，長保兒和爹娘正在吃晚飯。

長保兒的娘阿春皺起了眉頭，抱怨說：「甚麼人？這個時候來。」

老周不以為然，低聲說：「妳聽那敲門聲，急的像甚麼似的，莫非是發生甚麼大事。長保兒，還不快去開門。」

「是，爹。」長保兒從長板凳跳下來，趕緊去開門。

門閂才剛移開，「碰」一聲地跌跌撞撞進來一個人，仔細一瞧，正是長保兒的舅舅張得祿，也就是小輿子的爹。

他好不容易穩住腳，抬眼看見長保兒，死命地抓住他，聲嘶力竭地問：「長保兒，你瞧見我們家小輿子沒？」

長保兒搖搖頭，說了聲：「沒有。」

「那……那今天早上和下午呢？」

「沒有啊！今天我一整天都在柳樹坡牧牛放羊，誰都沒見著。」

長保兒的娘阿春趕緊走過來，把長保兒拉到一邊，對張得祿埋怨說：「阿哥，別這樣子！別把孩子嚇著了。」

張得祿忽然放聲大哭，同時喃喃自語：「小興子和他娘不見了，小興子和他娘不見了……。」

別說是長保兒，連兩個大人都慌了，除了家裡死了至親或摯愛，很少看到一個大男人哭得這麼不顧臉面。老周扶住他搖搖欲墜的身體，阿春則一面安慰他，一面交待長保兒去拿把椅子，讓張得祿坐下。

「不！我沒這閒功夫，我要去找小興子和他娘。」張得祿用袖子抹了抹眼睛，說著說著……就往屋外走。

「得祿兄！」老周大聲地喝住他，然後說：「你這麼匆匆忙忙來，不明不白地說了句——小興子和他娘不見了。到底是怎麼一回事？縱使小興子和他娘失蹤，也不在意多說幾句話。把話說清楚，我們再分頭去找也不遲。」

「是啊！阿哥，你就是這樣魯魯莽莽的。把話說清楚了，我們也可以一同商量對策，沒聽過三個臭皮匠勝過一個諸葛亮這句話嗎？」

「事到如今，不瞞你說。小興子，如果是我的親生骨肉，掉十個我也不在意，小興子可是包大奶奶的親骨肉。」

張得祿的話說到一半，長保兒的爹娘不約而同看了長保兒一眼，彷彿同時喉嚨起了痰，不約而同的咳了起來。

「罷了！罷了！事到如今，還怕讓誰知道。當時大家假借讓小興子以當包黑少爺的伴童為由，改姓留名，認祖歸宗。我不該聽她娘的話，甚麼孩子還小、侯門深似海，連黑子少爺都幾乎被奸人所害，何況我們小興子，堅持留在家裡，要讀書才去包家。如果，當時就讓他住在包家，就不會發生這等事了。」

老周看了長保兒一眼，先命令他不可把今夜所聽所見講出去，否則要打斷他一雙腿。然後面色肅然地對張得祿說：「小興子怎麼會不見？請仔細說給咱們聽吧！」

「前幾天，小興子鬧著要去玩風箏，我手忙沒理他。他就自己歪歪扭扭地弄了個大蝴蝶，昨晚上了彩，說今天要去柳樹坡後的空地放風箏。早上要去，他娘不給去，吃完午飯，再也攔不住。直到我回來，天色暗下來，還不見他回來。他娘弄好了晚飯，等到飯菜都涼了，小興子依然還沒回來。他娘說出去找，去了半天也沒回來。我就慌了，東家問、西家問。有人說風箏飛丟了，小興子跟著找去了，聽說往錦屏山的方向。也有人說，好像有個高大的漢子陪小興子玩，後來小興子就跟著他走了，走到那裡去，沒人知道。眾說紛紜，沒有個結論。至於他娘，倒是沒人見個影。」

小狗雪若想起古畫中的三個小男孩，第一個是和大花狗發發玩耍的長保兒，第二個是和黑白雙心魔練功的黑子。最後的小興子一身白衣，掩著鼻子和一名身穿華服的高大男子，邊走邊跑地在山坡上放風箏。兩人後面跟著一位神色慌張的美貌婦人。

看來那名神色慌張的美貌婦人，正是小興子的娘、暖香閣的賽玉環、千里追尋黑白雙心魔的踏雪歸來不留痕李尋梅、花香居的李謙謙。至於那名穿著華服的高大男子很可能是拐走小興子的元兇。他到底是誰？小狗雪若略知一二。居心何在？小狗雪若全然不知。

「後來呢？」老周讓張得祿講了一段落，歇口氣。

「後來我想想，小興子會不會來這裡和長保兒玩，你們留他吃晚飯。」講到這裡，張得祿兩隻手已經搓成一團青筋暴露的肉球。

「會不會到包家去？」阿春提出問題。

「有可能。」老周的眉頭打了結，想了想又說：「但是包大奶奶總該差個人去通知，免得得祿兒嫂掛心啊！所以……。」

「所以，你認為不可能，對不對？」張得祿急得眼淚又流出來，說：「我不擔心小興子他娘，因為……罷了！在此不宜多言。只是……萬一小興子有些甚麼三長兩短，我怎麼對得起包大爺和大奶奶。」

老周清了清嗓子，說：「事到如今，我們只好往上稟告。包家人多勢眾，找起來也容易些。」

「但是上面怪罪下來，不就……。」

「現在這個狀況，你還在顧慮那個。先不要管那麼多，找到小興子和他娘為優先。」老周瞪了長保兒一眼，叱道：「我再說一遍！今夜之事，不管你聽到甚麼，都不准對外人說。我和你娘及舅舅現在就去包家，你自個兒吃飯，吃完飯收拾收拾，然後上床睡覺。」

面對三張焦急的臉，長保兒鼓起勇氣，說：「我想起來了。」

那三張焦急的臉忽然放出光芒，尤其是長保兒的舅舅的臉已經變成一張燃燒的面具。他們的表現使長保兒不禁把話吞下去，再度沉默。知子莫若母，阿春搶在張得祿把長保兒「吞」下去之前，抱住長保兒，笑著說：「長保兒，你有話慢慢說……。」

於是，長保兒說：「今天下午，我瞧見小興子在放風箏，後來有個高大的人出現，走過去和他說話，後來不知怎麼搞的，風箏就飛了。那個人和小興子就跑去找風箏。後來的事，我就不知道了。」

「怎會不知道呢？怎會不知道呢？」張得祿伸手拽住長保兒的肩膀，用力晃動，晃得滿天金星都掉到長保兒的眼前來。

「你有沒有看錯人呢？」阿春知道事態嚴重，警告自己的兒子，說：「不許亂說話喔！」

「我……」長保兒一時也慌了，口齒不清地形容那個男子的面貌。穿著倒是形容得很妥當，顯然衣著異於常人，所以印象深刻。

「記得是穿著一件色彩鮮艷的襴衫，頭上戴著一頂插著翠翎的烏角帽，一雙巨型的虎頭靴。」

至於是不是村裡的人，長保兒搖頭說：「絕對不是。」

老周想了一想，問道：「難道是久不露面的捲毛獅？」

長保兒連忙否認，但是張得祿卻頻頻點頭，答道：「很有可能。我聽說他離開包家村，不知怎地，又回過頭來找人。這回可能是改頭換面、避人耳目地暗中行事。」

長保兒據理力爭說不是，可是三個大人都不理他。

阿春接著說：「捲毛獅要找的男人，我不知道。但是他要找的女人，根據大家的形容，很像是小興子他娘。」

原來是因為沒多久以前，當捲毛獅和包海勾結，假借入山殺虎之名，行追殺黑白雙心魔之實的詭計被黑子識破，悻悻然離開包家村。

老周說：「可是捲毛獅說他要找的女人是他的女兒。難道就是小興子他娘嗎？」

張得祿答：「我們夫妻多年，從來沒聽她提及她的爹娘或親人。」

阿春說：「小興子他娘以前在暖香閣……。」

老周大聲喝住，說：「閒話少說！已經有了線索，我們還不快走。」

阿春見風轉舵，說：「是的，我們快走。」

眼看著張得祿愣在原地，長保兒的娘阿春硬生生將他推走。不甘落後的老周立刻跟上去。小狗雪若正想跟去，但是看到長保兒孤孤單單一個人在家，就決定留下來陪他。

他們走後，長保兒掩上門，回到桌邊。但是一點食慾也沒有。於是按照娘的吩咐，把剩飯剩菜收到櫥櫃裡，然後望著一豆燈火發起呆來。

也不知過了多久，小狗雪若嗅到熟悉的味道，習慣成自然地吠了幾聲。

長保兒心想：這小狗勾勾真怪，方才舅舅死命敲門，牠淡定地睡覺，如今沒人來，她倒叫了起來。長保兒正想喝斥牠時，忽然聽到窗外有人輕輕喚他名字。

聲音很輕，有點熟悉，好像是黑子，打開窗戶一看，果然是黑子。他的表情有少見的慌張，微微喘著氣，顯然是長程跑步而來。

「長保兒，聽說小興子和他娘不見了。」

長保兒問：「你如何知曉？」

「你爹娘和小興子他爹跑去找我爹，我正巧聽見了。」黑子欲言又止，又說：「趁著一團亂，我趕緊溜出來找你。」

「找我？」長保兒滿頭霧水，問道：「找我幹嘛？」

「我們一道去找小興子和他娘。」

「找小興子和他娘？那裡找？」長保兒半信半疑地看著那張黑森森的小臉，如果沒有月色照來，只看那襲白衣白褲，還以為撞見一隻沒頭沒臉的小鬼。在他的催促聲中，長保兒膽怯地看著彷彿群魔亂飛的夜空。

「跟著我，我們一定找得到。」

黑子的自信鼓舞著長保兒，但是長保兒心中另有顧忌，便說：「萬一我爹娘回來，看不到我的話，會打斷我的腿。」

「現在整村的人都在找小興子，你瞧！」小狗雪若順著黑子的指端望過去，亮晃晃的數十隻火把從包家門口向柳樹坡飄移過去。

黑子又說：「不到午夜，他們不會回來。而午夜之前，我一定會把小興子送回家。」

「真的嗎？那他娘呢？」

「這個嘛！我沒把握。」

可能是心中的好奇終於克服了恐懼和顧忌，長保兒答應與黑子同行。於是關上窗戶，吹滅了燈火，然後離開屋子。小狗雪若想要跟，長保兒不許，但是黑子表示無妨。

小狗雪若胸有成竹，既有古畫為憑，再依循小興子的味道，一路領先奔跑。耳邊傳過來黑子的讚賞，好一條聰明可愛的小狗。

月色清明，晚風帶著薄薄的涼意。牛羊都睡了，只有幾隻不安分的小羊看見他們，羨慕地咩了幾聲。小狗雪若驕傲地回頭向它們吠了幾聲，真是十足的狗仗人勢。

為了緊隨黑子，長保兒立刻加緊腳勁，不久兩個孩子穿過了柳樹坡，隱隱約約看見春曉亭在前方。桃樹杏樹靜靜地對望，偶而有飄落的花瓣。中間的道路化成了晶晶亮亮的河流，落花越積越多，一邊紅來一邊白，分明又是滿眼賜予詩人靈感的好風景。

他們往錦屏山裡去，也就是前日長保兒跟蹤小狗雪若，小狗雪若跟蹤黑子的路線。這路線好像迷魂陣似的，彎來彎去。黑暗中，小狗雪若聽到長保兒氣喘吁吁，驟然失去了方向，而原本成群結隊而來的家丁和村民也悄然不見。

「這兒是那裡？」氣喘如牛的長保兒問，聲音抖瑟，顯然心中害怕極了。小狗雪若知道他剛才被樹枝刮了好幾下，因為嗅到血腥，猜想他恐怕流了好多血。

「錦屏山的東側。」黑子忽然蹲下來，研究往山裡頭進去的小泥路，然後又將四周的環境大略觀察了一下，面色凝重的說：「長保兒，你還是回去吧！」

「回去，我怎麼回去？這條來時小路，九彎十八拐的，我怎能記得？」長保兒抗議地說：「我又不是鴿子，說放就放。」

放鴿子？哈，原來少年包青天時代的人就有的流行語。

黑子笑著說：「你不是鴿子，但是你有勾勾。方才，勾勾沿途灑尿做記號，跟著牠回家，一定不會迷路。」

拜託，小狗雪若心中抗議，我哪有沿途灑尿做記號。不過這黑子果然厲害，真是名不虛傳。

「既然如此，你幹嘛找我來。」長保兒心中有氣，好端端在家裡，被拉出來走了約一個時辰的山路，還苦苦受了皮肉之傷，結果被趕了回去，這黑子實在是莫名其妙。

「對不起！」儼然以大人自居的黑子嘆了一口氣，抱歉地說：「我想小興子是小孩，你也是小孩，靈犀相通，我可以從你的想法來推想他的想法，更可以從你的想法來印證我對小興子他的想法。」

「你的你、我、他和一大堆想法搞得我腦袋瓜裡的想法變成一堆亂麻。」長保兒得理不饒人，管他是千金少爺、還是萬金少爺，破口罵道：「如今你已經達到目的，想過河拆橋。」

「別這樣。」黑子小手一揮，不疾不徐地說：「帶走小興子和他娘的人並非我想像中的人，可能是壞蛋。我怕你受到連累，改變心意，所以勸你回去。」

「笑話，我長保兒豈是貪生怕死之徒。」說也奇怪，小狗雪若感覺每次長保兒和黑子講話，前者的口氣不知不覺地老氣橫秋起來。

長保兒好奇地又問：「你如何判定小興子和他娘不是自己離家出走，而是被人帶走。」

「小興子鐵定是被人帶走，他娘是要去救他。」黑子嘆了一口氣，繼續說下去：「我去你家之前，在爹娘的房門外，早就將小興子他爹說的話聽得清清楚楚。」

「那你知道小興子不是他爹娘親生的，而是……。」長保兒自覺失言，趕緊用手掩口。

「這檔事，我早就知道他是我姪子。」黑子幽幽地說：「反而我對自己的身世一知半解。說不定救回小興子，一切就真相大白。總之，我們先找到小興子再說。」

「好。」

「我們往前走，但是儘量靠邊走，別破壞這些腳印子。」

聽了黑子的話，長保兒低頭一看，果然有一排淺淺的大腳印，原來方才黑子就是研究這個。長保兒的眼睛忽然明亮亢奮起來，感覺也特別敏銳，發現不遠的樹叢裡，有團花花綠綠的東西。長保兒打了個手勢，小狗雪若立刻跑過去銜回來，原來是隻被摔得稀爛的蝴蝶風箏。

「是小興子的風箏。」長保兒看了一下，然後交給黑子。

黑子試圖將稀爛的蝴蝶風箏恢復原狀，並且將線捲起來仔細研究，然後伸長脖子看看風箏原來丟棄掉落的地方，似乎在丈量距離。打定主意之後，黑子往左手邊快步走去，長保兒和小狗雪若立刻跟進。

一朵烏雲飄來，月亮立刻像長保兒的娘發現長保兒偷吃糖的樣子，陰沉下來。原本雜映在大地的樹影糊成一片，晚風更冷，長保兒不禁把身子縮小一點。彷彿走沒多遠，耳畔慢慢響起了傾落的水聲。小狗雪若曾經多次欣賞古畫，知道錦屏山深處有著瀑布。如今親眼目睹，好生失望。只是一掛白布似的山泉，和想像中的萬馬奔騰及氣勢如虹，相差豈止千里。

哼！畫這幅古畫的人未免太誇大其詞了吧！

「小興子就在那裡！」黑子的食指和中指併攏往前一指，那架勢使小狗雪若想起武俠小說裡的「手揑劍訣」。

小狗雪若凝目注視，只見山泉旁的一棵大村樹下吊了一個東西。待她領頭跑去看，原來是小興子。只見他口裡塞著一圈破布，雙眼緊閉，那張人見人愛、人見人羨或人見人妒的小臉蛋已經被折騰得像發了霉的雪花糕。

只見黑子靈猴似地爬上樹枝，輕輕解開繩索。將小興子垂下來，讓長保兒接住。接住後，長保兒便將小興子放在地上。小狗雪若想去幫忙，被長保兒誤以為要舔小興子的臉，用腳踢開。雖然力氣有所保留，但是小狗雪若還是一陣疼痛。從小到大從來不曾受過一絲皮肉之痛，除了驚嚇之外，還有被人誤解的委屈，就嗚呼、嗚呼哭起來。

等黑子下來之後，長保兒問：「小興子死了嗎？瞧他動也不動。」

黑子不聲不響地把小興子放在他的膝蓋，卻摸摸胸口，然後像中醫師似地把起脈來。小狗雪若不由得想起那位黑子的師父黑白雙心魔……就在胡思亂想之際，黑子在小興子身上的幾處穴道點了幾下。小興子隨後哀叫了起來，起先是弱弱地像小貓在哀泣，後來就如殺豬般大叫起來。

原來黑子最後掐住小興子的人中，小狗雪若小時候常常見到暑期工讀生在花圃裡中暑，爸爸用的就是這一招。長保兒也不閒著，就把那團塞在小興子口中的破布，用泉水洗乾淨，然後回來仔細替他擦臉。

「我……。」小興子終於清醒過來，看見兩個好朋友以及小狗雪若，既高興又疑惑。好像有很多話要說，又不知從那裡起頭。

「小興子，你說，到底發生了甚麼事？」長保兒迫不及待想知道。

「我在柳樹坡放風箏，說也奇怪，風箏越飛越高，越飛越快，我就被拉著走進樹林。」

「不是有個高大的人在你身邊？我親眼看見，他是誰啊？捲毛獅嗎？」

「他不是捲毛獅。我不認識的人，他自己靠過來。」

「怎麼會這樣？」

黑子開口解釋：「那是武功的一種，叫做『順風推車』。運用掌風，推人前進。不知情的小興子以為是被風箏拉著走。」長保兒想要再繼續問，卻被黑子阻止，說：「現在甚麼話都別說，我們趕快送小興子回家。」

「可是他們大人就要來了，我們不等他們嗎？」

小狗雪若知道長保兒嘴上如是說，其實是想讓大人他們知道他長保兒和黑子的厲害。找回小興子可是大功一件，說不定會名垂青史、萬古流芳。形容有點誇張，但是小狗雪若這時候，只能夠想到這兩句成語。

黑子淡淡地說：「他們不會來這裡。」

「為甚麼？」長保兒圓圓亮亮的雙眼益發滾圓晶亮，但卻籠罩著迷濛的疑雲。

黑子不理長保兒，關切地問小興子，說：「行嗎？要不要我們扶著你。」

小興子活動一下四肢，嬌聲嬌氣地說：「沒問題，只是有點渴、有點餓。」

「那你先喝點山泉水，肚皮裡的事回去再解決。」

兩人等小興子喝完後，黑子就立刻催促大家上路。

此時，一輪皎月高掛天心，陣陣的雲影若有若無。當他們來到柳樹坡，再度看見那些火把散佈在錦屏山的另一側。

「為了爭取時間，我們必須在此地分開。」黑子雙眉一挑、瞪大雙眼，以嚴肅的口氣，對小興子說：「你回去之後，先把自己弄乾淨，填飽肚子，趕緊上床睡覺。你爹回來時，你要裝睡。

如果他們把你叫醒，你務必要耍賴地大哭大鬧。如果他們逼問你，你就說風箏飛到山谷裡，在尋找時不慎掉下去，身上的傷痕就是那時候被樹枝和石塊刮到的。因為迷路，所以花了很多時間才回家。家中沒人，自己弄了點吃的，然後倒頭就睡。」
「萬一他們問起我娘，我怎麼說？」
「你就說你不知道，一問三不知是最好的答案。」
「假如……」
長保兒聽了不禁有氣，一把扭住小興子的衣襟，吼道：「哪來那麼多萬一和假如，你不會見機行事嗎？繡花枕頭，虛有其表。」
小興子故意裝出很害怕地躲在黑子的身後，然後對長保兒做鬼臉。
看到這些吵吵鬧鬧的小鬼，小狗雪若忘記了疼痛，輕輕鬆鬆地吠了幾聲。
「還有萬萬不可提起那個拐走你的男子。」黑子一邊催趕小興子快走，一邊不斷叮嚀：「事關重大，你務必要鎖住口風，千萬不可說出來，一律用不知道來回答一切的問題。」
小興子晶瑩無邪的眼睛睜的老大，裡面好多好多小星星，問道：「黑子，你知道他是誰嗎？」
「我本來以為是他，看這情形應該不是。」黑子說到這裡，讓小狗雪若聯想到和黑子在一起的黑白雙心魔。嗯哼，長保兒應該也是如是想。
黑子彷彿讀出長保兒的聯想，刻意加強語氣地說：「嗯……那個高大男子，是不是有股香香的氣味？」

小興子點頭稱是，同時誇讚黑子料事如神。

小狗雪若不敢斷定那個和黑子在一起的黑白雙心魔人不是高高壯壯，然而那天遙望黑子和黑衣人的時候，是從大松樹下往半山腰。除了距離之外，還有夜色迷離，所以可能會造成目測失誤。但是以她嗅覺的靈敏度，黑白雙心魔絕對沒有體味。說到高高壯壯、還有體味，一抹曾經若隱若現在夢中的影子，此時此刻活靈活現在心頭。確定該人身分，小狗雪若這幾天來的疑惑恰如兩岸猿聲啼不住，轉眼已過萬重山的輕舟。

終於，把小興子送回家了。他家空無一人，他娘果然不在屋子裡。

把小興子安頓好，黑子對長保兒說：「你回去吧！長保兒。」

長保兒動也不動，反問：「剛才你所說的那個人不就是你師父黑白雙心魔嗎？」

長保兒，你這個傻瓜！小狗雪若心中暗罵。

聽了長保兒的話，黑子黑黑的臉忽然爆出紅光，額頭上白白的月眉閃爍了一下。他低沉地說：「你怎麼有這種怪異的想法呢？唉！這要從何說起呢？不過，我敢保證，絕對不是我的師父。」

「不是他，又不是捲毛獅，難道還有別人嗎？」

「有可能另有他人，但是需要查證。」小狗雪若聽得出黑子口氣中的無奈，他又說：「我今天就把話說清楚。還有，如果我告訴你事情的來龍去脈，你發誓不對任何人說。」

「豈止發誓，我還可以替你和小興子圓謊。就像小興子一連串的萬一和假如，萬一沒人相信他的話，或是假如小興子說溜了嘴。前者，我可以挺身出來當證人。後者，我可以說小興子怕被他爹娘毒打，自己編個故事騙大家。」

「長保兒，你別的本事不怎麼樣，胡思亂想說故事的功夫倒是一等一。」

「所以你到底說？還是不說。」

兩個小孩在長保兒的家門口，挑了塊石頭坐下來。小狗雪若則安靜地依靠在黑子的腳畔。

「九年前的某一個深夜，有個夜行人把小興子他娘剛出生的小嬰孩抱走。」

「把小興子抱走？」

「你不要插嘴，否則我不說了。」

「好，我閉嘴。」

「同一天晚上，包家老夫人也生了個小男孩。夜行人就將之交換。包家小男孩經不起一番折騰就夭折了，小興子他娘不知情，就把早夭的嬰兒埋葬在桃花林裡，她是一個有武功的女俠，運用內功透過筆尖，將身邊的墨石刻上鎮魂二字，埋入土中。並種植杏樹一株，以便識別。」

「原來如此。」

「當夜行人將小興子他娘剛出生的小嬰孩、也就是我，放在老夫人的產房。」

長保兒嚇呆了，而小狗雪若則不斷地重組腦筋的畫面。小興子的娘就是李尋梅，她和黑白雙心魔有了愛情結晶。黑子特殊的體質來自黑白雙心魔是不爭的事實。只是為甚麼他要偷換小孩呢？

黑子先點出驚人的主題之後，再慢慢說明：「一開始，我的師父黑白雙心魔得知他舊日的情人落腳包家村附近，並且即將臨盆。於是躲入錦屏山，偷偷在一旁守護。當他目睹她生了一個異於常人的黑小子，心中了然。因為出生嬰兒所有的特徵非常明顯，顯示出他是血沙漠民族的後代，也就是他的親身骨肉。他當下立刻顧慮到這樣一個異於常人的小孩，在一個平凡的家庭成長，將來的人生可能會遭受很多不平等的待遇。母親曾經在青樓賣笑將成為一輩子抹不去的烙印。最可怕的是，萬一被她的父親捲毛獅發現，小嬰孩一定會被他的九鈴青龍刀砍成兩段。所以當機立斷，決定將這黑小子掉包。這包家村裡最顯貴的人家就是包員外，剛好包老夫人同一天產子，於是就將狸貓換太子了。誠如我方才所說，無奈包家三少爺身體孱弱，一番折騰就夭折了。」

「後來呢？」

「我的師父抱著我施展輕功，經過包員外的窗前。他奇異的外型被誤以為魁星降世，也被驚鴻一瞥的下人以為是看見了西瓜精。所以迷信的包員外聽信海二爺的讒言，將我裝入茶葉簍子裡，讓海二爺攜至錦屏山後。正想把我丟到深谷裡時，被一路追隨的師父假裝大老虎，把海二爺嚇得魂不附體。慌慌張張地連簍帶著小嬰孩，隨手棄之，自己則趕緊逃命去了。結果我又被以為我是包家三少爺的包山大爺抱回去。為了保守這個祕密，包山大爺和包大奶奶將自己的親生孩子，也就是小興子，送去給張得祿夫妻寄養。除了我真正的身世，其他的事情大家都心知肚明，我也不多說。」

「太曲折離奇了！」

「我的親父，一直沒離開我，直到我七歲時才出現，以師為名，收我為徒。當我們相遇的那一刻，我就知道我們之間的關係。」

「你們一直師徒相稱嗎？」

「是，我們擊掌為約，等待功成名就，再相認不遲。」

「那你親生的娘呢？」

「我倆形同陌路。」黑子的聲音隱約出現一絲傷感。

「多年來都形同陌路？」

「一則，我的親娘一直以為她的孩子一生下來就夭折，所以這些年來，有空便去桃花林中的杏樹前憑弔。二來，由於她曾經淪落青樓，所以多年來，不近人群，因此她是否見過我，我也不得而知。至於或許見了面，是否為了顧全大局，以至於冷凍了母子連心的感動。至於我，我因為師父告誡，也不急一時相認。或許我天生無情，知曉身世之後，竟然沒有母子情深的意念。我不急著相認，所以就隨緣等個好時機再說吧！至於後來她是否和我師父、也就是我親父異地重逢，我不得而知。」

「那他們兩人將來會破鏡重圓嗎？」

「我不知道、也不管大人的事。」黑子悠悠地說：「事到如今，我這一身黑皮黑肉，哪能躲過她的眼目。只是，我不知道她何時發現我。當我略懂人事，有機會和她碰面，她也沒有一絲一毫的情緒。我所以知道她是我的親娘，還有她真實的身分，也是我的師父告訴我的！」

小狗雪若一看黑子如此冷靜，不由得肅然起敬。

「你不擔心她嗎？」

「她會武功，曾經是武林道上的人，不必擔心。」

「你知道她現在人在何處？」

「我不知道，可能是和捲毛獅在一起。」

「捲毛獅？」

「捲毛獅是她的父親，也就是我的外公。」

當黑子和長保兒一面說話，一面走回包家村時，只見幾道閃電似的花火飛向天際……

「糟了！」黑子低呼一聲，立刻轉身，毫無顧忌地展露他驚人的輕功，宛如一粒流星，急速地往包家村飛去。

幾乎是同時間，隨著驚叫出聲的長保兒看見黑暗中的錦屏山慢慢明亮起來。然後隱隱約約聽到隨風飄過來的慘叫聲，原來是山林火災。空氣的溫度霎那間升高起來，慘叫聲也越來越清晰。漸漸地，整座錦屏山彷彿變成一具掉落的燈籠。四處飛散的火星，觸及之處，迅速地竄出一條又一條的火龍，然後在黑暗中亂舞。原本是微寒的秋夜，因高溫和強光而成為夏日黃昏，遠遠一看夜空下的包家村已經淪陷成烈火地獄。

第八章　烈焰狂刀

且說嚇人的火焰到處竄起，就像無數個手舞足蹈的妖魔，迅速地把錦屏山燃燒起來。那驚心動魄的場面把長保兒嚇呆了。他哭喊著要找爹娘，卻因火勢壓境、高溫逼人而寸步難行。原本跟著長保兒跑的小狗雪若為了保命想拔腿逃跑，但是想到和能言石的約定，還有這些日子和長保兒及黑子的情誼，只能緊緊跟隨、寸步不離。

身為小狗的雪若在此時此刻才能了解身為狗兒的心情，他們身上流著的血液一定有著忠義和不可背叛的基因。人類最好的朋友可不是浪得虛名，自己不可污辱這個令人類尊敬的封號。

茫然無依中，小狗雪若跟著長保兒呼爹喊娘地大哭起來。難道自己會命喪火窟，魂遊古早古早的朝代嗎？再也見不到爸爸、勾勾、花圃裡的花花草草和留著長長鬍鬚的老榕樹了嗎？

淚眼朦朧中，見到十幾個遍體火傷的漢子，七拐八跌地跑過來。長保兒認出他們都是包家村的家丁，正要張口說話，卻被其中一個撞了個四腳朝天。耳邊依稀還聽到有人喊到：長保兒趕緊逃命吧！再不逃就來不及了……。

長保兒一邊哭，一邊忍著痛想站起來，卻又被陸陸續續衝過來的人群撞倒，然後就被沖散、消失不見了。

小狗雪若第一個念頭和第一個動作就是尋找長保兒，他就是她時空旅行的主要原因。但是遍尋不著。只見一群又一群的男女老幼，狼狽萬分地往村外逃逸。小狗雪若不顧自己的狗命，一面汪、汪、汪狂叫著長保兒的名字，一面盡力嗅著他的氣味，可是空氣中只有燒焦的味道。她只好反其道，往錦屏山的方向跑去。

在人慌馬亂中，小狗雪若遇到了幾隻狗朋友，牠們和那些狼狽的人類一樣，慌慌張張地往比較安全的地方跑去。狗和人不同，牠們逃生和躲避災難是自然的本能。包括小狗雪若在內，一群大大小小的狗沿著地溝，潛入一個陰涼的地洞。

心神略定，小狗雪若抬頭一看，燒紅的天空只剩一小圈。原來現在正坐井觀天，這乾枯的古井正是當日包二奶奶李氏和秋香陷害黑子的地方。小狗雪若放鬆緊繃的神經，喘了一口氣，準備躺下來休息時，沒想到長保兒家的大花狗發發竟然出現在面前。

「發發，你不是被毒死了嗎？」

「我只是搶了你的油餅，並不代表我吃了它。我是拿去給我的好兄弟吃。」

「那你怎麼不見了？」

「我搶了妳的油餅，被老周打了，不好意思回家。又害死了我的兄弟，村子的狗不會饒過我。所以，我就離開包家村。」

「你去哪？」

「我流浪到錦屏山的另一邊，黃金劍莊的展昭少爺收留了我。」

好熟悉的地名和人名，可是雜亂的人影和聲音影響了小狗雪若的思考力。

「你真是好狗運。」

「妳說甚麼？」

「沒甚麼！不知道長保兒怎麼了？」

「他沒事的，我帶妳去找他。」大花狗發發冷靜地回答，頗有大將之風。

「太好了！但是你怎麼又回來。」

「我是跟著我們少爺來的。他會輕功，腳程快，我跟不上，只好個人行動。」

「你們少爺是誰？」小狗雪若明知故問，只因為想要確認。

「少爺就是少爺！」

「沒有名字嗎？我以為是他。」

「妳以為是誰？」

「南俠展昭！你不知道嗎？太奇怪了。」小狗雪若立刻想起來，脫口而出後，但是馬上後悔。

「妳才奇怪，神經病。」

「我們已經不說神經病了，是精神病。」

「甚麼跟甚麼？」

「對不起。」還好是對狗彈琴，否則洩漏天機，不知道要接受甚麼樣的懲罰。

「展少爺他來幹嘛？」

「我們家主母派他來支援的。」

「你們家主母是誰？」

「黃金劍莊的女主人，說出來妳也不認識，乾脆不要說。我只跟妳說事情的來龍去脈。今天下午，小興子他娘忽然跑來我們劍莊，跟我們家主母說小興子被壞人強行擄走。她哭著哀求我們家主母幫她把小興子救回來。」

「你剛才說妳流浪到錦屏山的另一邊，黃金劍莊的展少爺收留了你。」小狗雪若想起古畫中，錦屏山的半山腰有一座的樓宇，就問道：「那一座山莊是不是有一座金色的寶塔？」

「沒有耶。」

「奇怪，怎麼會沒有。」小狗雪若無限懷疑，這是她來到宋朝包家村，第一次遇到與古畫內容不符的地方。

「我在錦屏山來來去去，從來就沒有看見有甚麼寶塔。」

「好吧！小興子他娘怎麼認識你家主母？」

「她們倆是舊識。說出來也很奇怪，小興子他娘原來是個女俠，有個外號叫『踏雪歸來不留痕李尋梅』。我家主母說這事情天大地大，她無法出面，所以派我家少爺暗中幫忙。」

「小興子他娘有說誰擄走小興子嗎？」

「她猜是她的父親捲毛獅。」

「不是他啦。」

「妳又知道了！」大花狗發發猜疑的眼神開始。

「我亂猜的嘛！」小狗雪若吐了吐舌頭，趕緊自圓其說。

「我聽我家主人曾經警告莊裡所有的人要注意。因為包家村來了個綠林大盜模樣的壯漢，四處向人打聽一個怪人的下落。那個壯漢就是捲毛獅，而那個怪人就是黑白雙心魔，聽說是一個來自血沙漠的奇人，武功高不可測。沒有人知道他的來歷。我們家少爺只從陸陸續續的消息，才拼拼湊湊出一點點的資料。其實我還在長保兒家的時候，有幾個晚上，我曾經偷偷去錦屏山另一邊，看黑少爺和黑白雙心魔習文學武。黑白雙心魔和黑子都知道我在偷看，但是也不趕我走，有時還會丟幾根肉骨頭給我啃著。」

「你好棒喔！」小狗雪若不想掃興，假裝都不知道。

「我還知道黑白雙心魔有種特異體質，就是他的膚色會隨著月亮的盈虧而由白變黑。也就是說當月亮最圓最亮的時候，黑白雙心魔全身白的像一塊晶瑩發亮的玉石。我第一次看見黑白雙心魔的那樣子，嚇得夾著尾巴落荒而逃。」

「不會吧，你最勇敢了。你真是誇大其辭，不過也讓我感受如臨其境。」

「聽說黑少爺的膚色在生下來時比木炭還黑，後來遇見黑白雙心魔，膚色才漸漸變淡。但還是比普通人黑了許多，所以我們展昭少爺想了解這兩個人到底有甚麼關聯。」

小狗雪若沒時間去想那些光怪陸離的往事，急著問大花狗發發，說：「這火災到底是怎麼一回事呢？」

「捲毛獅和黑白雙心魔有很深的冤仇。那個包禍心的海二爺為了替捲毛獅捕殺黑白雙心魔，假借尋找小興子和他娘，號召村勇圍攻錦屏山。因為黑白雙心魔有吸取月光，增強武功的能力。於是捲毛獅吩咐海二爺，務必要在交戰之前火燒山，以火光奪月光，削弱黑白雙心魔的武功。」

「你有看到黑少爺和長保兒嗎？」

「沒有！包家村一團亂，有的人活活地被燒死，有的人被迫跳崖，有的人被踩死，有的人被……」大花狗發發抬頭看著井口滿天的火星，連珠砲似地說了一串之後，搖著狗頭，又吠又跳：「我們離開這裡，快走吧！」

「不行，我要找黑少爺和長保兒。」小狗雪若跟著嗅了嗅逐漸發燙的空氣。

「別管他了，火燒眉睫，妳還顧這情誼。」大花狗發發忽然羞紅了狗臉，低低的說：「我們走吧！到那美麗寧靜的黃金劍莊，妳為我生一窩狗兒子。」

「我……」小狗雪若第一次聽到告白，竟是一條狗。正覺得很好笑時，突然從井口滾落一個大火球，嚇得跟著一群狗拔腿就跑。

在混亂的火焰中，小狗雪若彷彿從現實跑入夢中，周遭所有的事物逐漸淡化，雜亂刺耳的聲音都消失了，空氣清涼了。小狗雪若獨自奔跑在空曠寧靜的草原上，粉藍的天空，好多好多的飛機在飛，有紅的，有綠的，有紫的，有黃的，有藍的，幾千種幾萬種的顏色。飛機上上下下地飛著，閃著光，像池塘上的蜻蜓。

她看見爸爸坐在藍色的飛機上，他向她飛過來。她想揮手，但是沒辦法，想呼叫，嗓子啞了。雪若的爸爸的飛機轉了一個彎，然後愈飛愈高，愈飛愈遠。小狗雪若不放棄、依舊拚命地跑。突然眼前的土地裂開來，變成萬丈深淵。她遙望對岸，重重黑霧之中，正是家中的小花圃、還有老榕樹、還有正在澆花的自己——少女雪若。

雖然眼前沒有橋樑，但是小狗雪若把心一橫，決定縱身跳過這萬丈深淵，以便離開這可怕的地方，重回家鄉的懷抱。就在這一瞬間，有個人悄悄地走過來。他有一張似曾相識的狗臉，五官迷迷濛濛的，卻又透著亮光，好像毛玻璃似的，他穿著戰甲，就像歌仔戲裡的將軍，好威風呀！

他溫柔地對小狗雪若說：「勾勾，我帶妳去找爸爸。」

狗臉將軍護著小狗雪若，邁開大步，往萬丈深淵凌空走去。說也奇怪，狗臉將軍的雙腳下慢慢出現一條彩虹似的圓橋。那圓橋好高，好像就在山頂尖，細細的橋身，彷彿踩上去，就會裂成兩半。但是為了見到爸爸，小狗雪若還是勇敢地跟著走上去。走呀走，終於到了橋中央。

黝黑的天空，翻滾著烏雲，彷彿一隻又一隻巨大的魔掌，向小狗雪若伸過來。橋下的萬丈深淵，一片白茫茫，不知有多深，宛若是巨人張大的嘴巴，還吐著邪惡的煙霧。她在逐漸逼近黑天白地之間，無處躲藏，只能緊緊抓住狗臉將軍的手。

「雪若，妳確定要回家嗎？」

「我……。」

「雪若，妳確定要回家嗎？」

「我……。」

「雪若，妳如果確定要回家，我會保護妳回到妳原來的生活。妳會把這裡的一切全部忘得乾乾淨淨，連妳的石頭哥哥、還有小狗勾勾都會消失不見。妳的時間和空間會被調到妳十二歲生日的前一天晚上。」

「我不知道耶。」小狗雪若心亂如麻，一時不知如何是好，只能任淚水簌簌地流下來。

「雪若，妳如果確定要留下來，那我們就留下來吧！」

小狗雪若感覺心頭一熱，彷彿能言石就在身邊，給予她無窮無盡的力量和信心。於是，她意志高昂、語氣堅定地說：「我要留下來，我要完成任務。」

狗臉將軍回過頭來，笑著說：「我就是發發。」然後抱起小狗雪若，從橋中心躍下萬丈深淵。

一陣天旋地轉之後，小狗雪若離開了恐怖的迷離幻境，再度回到更可怕的現在。

周遭所有的事物逐漸鮮明，雜亂刺耳的聲音回來了，空氣又乾又熱。小狗雪若和大花狗發發分散了。她獨自奔跑在燒焦的小路，周遭兵荒馬亂、鬼哭神號。幾隻大腳迎面踏來，來不及閃躲，被踹到草堆裡去。殊不知，草堆著起火來，小狗雪若整個身子就星星點點地燒起來。她沒命地跑啊跑……看到一處人家的水缸，死命跳下去，才撿回一條狗命。浸在冰涼的水裡，通體舒暢。

沒想到這水缸外寬內窄，小狗雪若逃了火劫，卻難逃水難，就要滅頂之時，狗臉將軍再度出現。

小狗雪若神智恢復清明時，辨別出眼前的人影並非狗臉將軍，而是一人一犬。原來當自己差點失去生命時，大花狗發發領著一個俠士打扮的黃衣少年及時出手相救。

當大花狗發發鼓起勇氣向小狗雪若說出愛的告白，忽然有個大火球從天而降。一群狗兒發瘋似的往外跑。大花狗發發感覺很丟臉，不敢和小狗雪若太靠近，只是遠遠跟著跑，也不知跑了多少地方。最後，自己體力漸漸不支，眼睜睜地看到小狗雪若越跑越遠。後來看到小狗雪若被人踹倒草堆，然後渾身著火，跳進水缸。於是自己拚老命跑上去，前肢搭上水缸，大聲哀號。這一幕被及時前來的黃衣少年俠士看見，趕緊一手撈起快要溺死的小狗雪若。

黃衣少年俠士顯然另有要事，隨手將小狗雪若丟置一旁，然後獨自迅速飛奔離開。

小狗雪若不理身邊的大花狗發發，只望著黃衣少年俠士俊俏飄逸的背影，驚魂甫定問道：

「他是展昭嗎？」

大花狗發發狐疑地望著小狗雪若：「到底是怎麼一回事？」

小狗雪若不想多言解釋。

「我們走吧！」

「要去哪？」

「跟著我就是。」

茫茫然不知如何是好的小狗雪若只能跟著大花狗發發走。不知走了多久，才發現不遠處就是小興子的家。

原來小興子的爹張得祿娶了個青樓女子，為了避免村民取笑，所以住屋選在包家村的最邊端。因此沒有受到祝融的侵襲。

兩隻狗兒就偷偷摸摸地進了屋子，看見小興子睡得正甜。小狗雪若和發發正想找些吃的喝的，忽然窗戶一開，躍進一條苗條的人影。

小狗雪若凝眸注視，原來是小興子的娘。她身手矯健，一伸手就將小興子整個人拖離眠床。她已經不是包家村的一名農婦，也不是曾經艷冠青樓的賽玉環，全然還原成踏雪歸來不留痕的李尋梅女俠。只見她全身上下黑衣打扮，只有一雙白色弓鞋，和小狗雪若化成清風時、夢中所見絲毫不差。唯一不同是背著一只包袱，顯然是裝著細軟。

「你還睡，命都快沒了。」冷著面孔的李尋梅用力搖醒小興子。

「怎麼回事呀？娘！」夢中驚醒的小興子揉著眼睛，半睡半醒。

「我才要問你怎麼回事？你整個下午死到哪裡去，沒把你娘擔心死。」

「我……」

「等一會兒再告訴我。我們先找個地方躲躲，不然就來不及了。」

「爹呢？」

「你爹死了！」

「死了…？」小興子一下子完全清醒過來，仰望著他娘那一身奇怪的打扮，還有冷靜無情的眼神。

小興子那小小的心靈已經感觸到天地開始崩裂，以前的那風和日麗、鳥語花香的日子已經快速地流逝。於是，認命而懂事地跟著他娘迅速動作。然而一不小心，撞到門檻，跌了個四腳朝天。只見他頭破血流，也不吭一聲。李尋梅嘆了一口氣，將小興子往自己背上一擱，舉步飛奔。

小狗雪若不聽大花狗發發的勸阻，跟著他們跑。

說也奇怪，李尋梅不挑好走的路，盡選林間的曲折坎坷小路鑽來鑽去。走的方向既不是縣城，也不是人煙密集的村落。李尋梅雖然曾經是武林高手，但是這些年來，疏於練功，再加上心神操勞。別說武功，連體力也只能略勝常人一籌而已。。如今揹著小興子，一路顛簸，狼狽不堪。最後實在是走不動了，只好找了塊乾淨平坦的岩石坐下來。

跟在後頭的兩隻狗兒就蹲下來，在一旁喘氣。

一陣風吹破一團烏雲，墨綠色的樹林好像被潑了一桶銀漆，頓時明亮起來。

「小興子，跟娘說，到底是怎麼一回事？」

「娘……」小興子完全認清事實，所以很冷靜地述說他在放風箏的時候，如何被一個高大的男子抓走，然後吊掛在錦屏山的樹林裡。後來，他被黑子和長保兒救回來。說到這裡，他發現了小狗雪若，破涕為笑地喊著：「還有那隻小黃狗。」

小狗雪若感覺大花狗發用比以前更疑惑的眼神望著自己。除了疑惑，還添加一些敬畏。

李尋梅問小興子：「那個高大男子的身上是不是有股香香的味道。」

「是。」

「原來是他。」

「娘，你認識那個人？」

「小興子，事到如今，我必須要老實告訴你。」李尋梅冷冷地望著小興子那張宛如濺著春泥的芙蓉花也似的臉蛋，說：「你不是我和你爹親生的。說出來，你也應該高興，你就是包家的少爺，包大爺的兒子，包員外的寶貝金孫。」

「我有聽說，但是我不相信。」

「可惜他們死的死、逃的逃，包家村全毀。你想認祖歸宗，當包家的少爺的夢也沒啦！」

小狗雪若不相信自己的推論居然成真，仰頭望著曾經出現在夢中多次的李尋梅。

「念在你叫我九年的娘，我不能棄你於不顧，所以才會救你一命。知道嗎？你這一輩子都要感激我，並且將來要報答我。」李尋梅四周迴視一下，繼續又說：「等一下，我們要去見一個人。見到他時，千萬不可說話。如果他問你，你就看我，我替你回答。」

李尋梅的話還沒說完，小狗雪若先聽到一陣擂鼓般的腳步聲，接著是渾厚的男聲，說道：「不必費心。妳見不到那一個人了，不論妳說的是妳的父親或是那個黑白雙心魔。」

隨著飄過來一陣濃郁的香氣。不知何時，在數尺之外的樹下，昂然站著一個穿著錦衣繡袍、帶著高帽的高大漢子。

小狗雪若看他那一身打扮，想起長保兒的形容：記得是穿著一件色彩鮮艷的襴衫，頭上戴著一頂插著翠翎的烏角帽，一雙巨型的虎頭靴。果然異於常人，但是和一千年以後的歌仔戲中，大將軍的裝扮相差不多。

「娘，就是那個人把我綁在樹林裡。」

「我知道。」李尋梅轉過頭來，對著站在樹下的漢子低頭彎腰行禮，冷著聲音：「多年不見，馬爺別來無恙。」

小狗雪若和發發在暗處觀看，發現被李尋梅稱呼馬爺的漢子除了身飄濃香之外，還有一雙奇大無比的腳。以此判斷，她更確認來人就是踏花歸去馬蹄香的馬香爺。

「我千里迢迢找妳，可不是來敘舊。」

「既非敘舊，為何而來。」

「嗯哼，是我情癡，只為再見一次芳容。」

「容顏已改，不堪入目。既然見過，君可離去。」

「罷了！果然是個無情女子。不但踏雪歸來不留痕，偷人心、傷人心也不留痕。」

「馬爺看過滄海、遊遍巫山，感覺人間處處風景、處處觸景生情，難免多情傷己。我非無情，只是寡情。既是寡情，難免傷人。勸君情要適可而止，莫再為鏡花水月煩惱。」

馬香爺搖頭一嘆：「言之有理。只是妳雖無心誤我九年，我卻有意取妳一物。」

「馬爺，何必和我開玩笑。我乃一介村婦，兩袖清風。既無敝帚可自珍、亦無明珠可還。莫非想取我一命？」

「嗯哼，殘花敗柳！這樹下的枯草落葉都比妳還珍貴。不足可取。」

「馬爺之言，小女謹記在心。」

「不管妳如何忍辱負重，這小東西我拿定了。」當馬香爺的雙眸掃向小興子，李尋梅臉色煞然刷白。小興子似乎有所警覺，緊緊握住他娘的手。

「我本來帶走小孩是引誘妳出現，沒想到妳非但沒出現，還跑去黃金劍莊討救兵。結果人家非但不來救妳，反而跑去幫助黑白雙心魔對付妳的父親，真是可笑。不過，這小孩竟然有本領自己脫逃回家，讓我刮目相看。我略懂面相，一看這小孩分明是金童之身、玉女之貌，天生之貴氣必可榮耀我馬香爺的門派。所以我要定他了！既然妳自己親口說這孩子不是妳親生的，那我帶走他，不是更理直氣壯。」

「你休想，我養了他九年，你休想帶走他。」

「妳要感激我帶走這孩子，而且要拜託我趕快帶走這孩子。妳可知令尊捲毛獅正帶領一批人馬到錦屏山追殺黑白雙心魔？」

「你剛才說了，但是我不相信。」

「妳真是井底之蛙。我懶得跟妳廢話連篇，只能說當捲毛獅收拾了黑白雙心魔，他會怎麼對待這孩子，妳心裡有數。」

「你信口雌黃！」

「妳爹不顧村民安危，放火燒山，試圖逼出黑白雙心魔。同時以火光蓋住月光，削弱對手的的功力。這就是證據。這孩子，我先帶走。妳有本事就到我馬家莊來要人吧，我靜候大駕光臨。」

馬香爺向前一大腳步，右掌往李尋梅的前胸襲去，利用對方鬆手之際，左手順勢將小興子勾抱而起。

只見李尋梅雙手交叉，架住馬香爺的來掌之後，一腿掃向對手的下盤。好個馬香爺，只微微一閃，就化解了李尋梅的那招「風捲殘雪」。當馬香爺輕易讓李尋梅一招落敗，便連續左閃右避，不想正面接招，顯然不想戀戰，藉機離去。李尋梅雖然出手又狠又急，但是顧及小興子，勁道不免弱了幾分。

「放肆！」馬香爺一招「萬馬奔騰」，推出綿綿無盡的掌風，將李尋梅震退七、八步之後，摔倒在地。

馬香爺從從容容夾著小興子，人如其名般踏著馬步，飄著香風走開。

夜色將他掩沒之前，小狗雪若依稀聽到他冷冷地說著：「妳忘了本大爺乃是踏花歸去馬蹄香的馬大爺嗎？專門踐踏那鮮花嫩草。我與妳這殘花敗柳交手，倒是沾污了我這雙嶄新的虎頭靴。」

語音還在空氣中盤旋，自知技不如人的李尋梅只好忍痛爬起身來，絕望地站立原地，任那清冷的月光無情地淋灑著她含恨的容顏。

小狗雪若想想，還是趕緊去作正經事。或許這是個破除附身在長保兒的千年魔咒、千載難逢的機會。

「發發，我決定要回包家村。」

「好！我陪妳去。」

「可是，很危險。」

「就是因為很危險，我才必須陪妳去。我要保護妳，不讓妳受到一點點的傷害。」

「你太讓我感動了，你真是至情感人的大仁哥。」

「你說甚麼大仁哥？」

「沒甚麼。我們走吧！」

「妳為甚麼老是說一些莫名其妙的話？」

「你到底要走不走？」

「遵命！」

小狗雪若回首望望跪地流淚的李尋梅，回想多次夢中相伴，清風裊裊，心中一酸。尤其耳畔幽幽傳來李尋梅哀怨的聲音：「狗兒、狗兒，連你們也要棄我而去。」

差一點命喪火窟，歷劫歸來。一身黃的小狗雪若變成一身雜色。倒是一身雜色的大花狗發發變成一身黑。兩隻狗兒一改喪家之犬的沮喪和失志，精神抖擻、元氣十足地回到包家村。只見火勢雖然旺盛，但是似乎已經被控制住了。

幾番尋尋覓覓，兩隻狗兒終於來到長保兒家附近。密密麻麻的一群手執寶劍的黃衣武士中，一眼看到包山等人坐在長保兒家的門前唉聲嘆氣。再看到黑子和長保兒分別站在一名穿著黑白相間衣服的中年男人的左右兩邊。不用說明，那名男人就是黑白雙心魔。被小狗雪若認定是展昭的少年俠士正在指揮那群黃衣人各就各位，嚴陣以待。

大花狗發發面對舊主人長保兒和新主人展昭，有些尷尬。最後還是厚著臉皮，跟著小狗雪若搖頭擺尾地走過去，但是所有人只注意當下的事情，除了黑子摸一下小狗雪若的頭，因為正事要緊，所以沒有其他親暱的動作。小狗雪若也不搖頭擺尾、刻意討拍，只是緊緊膩在黑子身邊，試圖去感受好久不見的能言石的靈犀魔力。

展昭佈好陣式，看看眼前的火勢已經被控制，村民的心情略為穩定下來，便向前跟包員外等人安慰幾句之後，然後就向黑白雙心魔走來。

「可恨這捲毛獅為了逼我出面，竟然不顧生靈，放火燒山，必遭天譴。」黑白雙心魔咬牙切齒、詛咒一番之後，向展昭抱拳致意，說：「感謝黃金劍莊少主展少俠，多虧出手相助。」

「棉薄之力，不足掛齒。」

「剛才一片混亂，來不及細問。少俠如何知曉在下有難？」

「家母昔日好友前來求救，我奉命特來援助。」

「莫非令慈昔日好友是踏雪歸來不留痕的李尋梅。」

「正是。」

「她何事相求？」

「依據李女俠陳述，她的小孩無故失蹤，可能被捲毛獅擄走。」

「有這等事？」

「我和李女俠說好，我先來這邊等待捲毛獅，她先回家準備細軟，等一下一起會合。殊不知在此地和前輩不期而遇。至於李女俠為何爽約，不得而知。」

當黑白雙心魔和少俠展昭細談時，黑子和長保兒閉口聆聽。小狗雪若不堪勞累，閉目養神。

黑白雙心魔和展昭說完話，轉身對著黑子，語重心長的說：「為師的我必須提醒你，你雖然年幼，卻不能無知。」

「一日為師，終生為父。我已經知道我的身世，師父就是親父，所以我將追隨您，習得一身好武功，將來在江湖揚名立萬。」

「千萬不可。江湖路，行不得也。你看為師就是個好例子，雖然屢經奇遇，不敢說武功蓋世，至少可以說是有幾分虛名。得意時人前人後，眾星拱月，但是十有八九卻是寂寞落魄，如風中殘燈，連影子都要離我而去。更不要說為了幾分名利，處處樹敵，弄了個泥菩薩過江，自身難保，我可不能誤了你的前途。當初將你帶離娘親，就是為父為師的一番苦心。如今想來，也不知道是對是錯。」

黑子默默無語。

「也許這就是天命吧！」黑白雙心魔話鋒一轉，說：「包家村遭此浩劫，今後你有甚麼打算？」

「我聽從您的安排。」

「我估計捲毛獅不久就會殺將過來，我慎重警告你，不可和捲毛獅正面衝突。為師不擔心你人小力弱、武藝不精，而是考慮捲毛獅就是你的外公。人倫相殘，天理不容。」

「徒兒知曉。」

「知曉便好。我剛才和展少俠說過，懇求黃金劍莊展莊主長期收留你和長保兒。據我了解，黃金劍莊展莊主一向急公好義，看到包家村遭此浩劫，一定會慷慨解囊救災，鼎力幫助重建包家村。現在村裡一片混亂，不知誰生誰死，等到一切安頓之後，你不可麻煩展莊主，必須要回到包家，好好用功讀書練武，以後做個有用的人。至於你的娘親，就等你功成名就再相會吧！有關那塊石頭……。」

當小狗雪若心無旁騖地聽著黑白雙心魔的教誨之際，耳邊忽然響起一陣亂蹄，由遠而近。

黑白雙心魔立刻整裝，擺起架式，大聲說道：「小心，捲毛獅安排的野牛陣。大家即刻散開。一切就交給你囉！展少俠。」

「是。」展昭和黑子朗聲答應，準備應戰。

小狗雪若被黑子抱起來，交給長保兒，並叮嚀務必要善加保護。黑子語氣慎重，顯然是受了能言石的囑咐。

一陣可怕的煙塵鋪天蓋地而來，長保兒抱住小狗雪若，趕緊把身體縮成一小團，就近擠入土牆洞裡。沒想到已經被捷足先登的人塞得滿滿的，小狗雪若抬眼一看，原來是一群狂奔而來的牛隻，眼看著自己和長保兒小小的身軀將要被踩成肉餅時，一條繩索宛如飛蛇似地拋過來，然後緊緊地纏住長保兒的腰部。

來不及猜想到底是怎麼一回事時，長保兒已經好端端地坐在自家的屋頂上，他身邊站著英姿挺拔的展昭。

原來長保兒被展昭的飛繩所救，但是捲到半空中時，一不小心鬆開手，小狗雪若便掉落在地。所幸她小巧靈活，在牛蹄踐踏之前，鑽入人群的腳縫，逃過一劫。

待群牛奔過，小狗雪若再跑回原地。看見長保兒安然無恙，也看見蹲在展昭身旁的大花狗發發，對她露出驚喜的表情。原來展昭被黑白雙心魔警告時，就抱起大花狗發發，先跳躍到屋頂，然後再以飛繩解救長保兒。小狗雪若想到每個人都有人關心，自己卻差一點命喪黃泉。自憐之餘，自我感覺良好的慶幸自己好狗命。

那群黃金劍莊的黃衣武士紛紛擺出陣式，高舉的寶劍閃閃發亮。長保兒家的後院是曬穀場，中央站著黑白雙心魔，背後是熊熊的烈火狂焰。情勢嚇人，小狗雪若找了個視野良好的牆角躲起來。大花狗發發似乎很關心小狗雪若，頻頻往這邊觀看。

牛群過了沒多久，捲毛獅帶領著幾十個手下，浩浩蕩蕩地走進來，團團圍住黑白雙心魔。雙方對陣，劍拔弩張。

兩人先是一陣理論，黑白雙心魔建議單打獨鬥。講到後來，似乎意見不合，捲毛獅做一手勢，雙方立即開戰。黑白雙心魔不准少俠展昭和那群黃衣武士的幫忙。他神情悠閒地分別拿著桃枝和杏枝，對著來勢洶洶的大漢，左鈎右刺，所及之處，彷彿有股旋風，把捲毛獅的手下打得東倒西歪。

這時候月色昏暗，而錦屏山的烈焰照透西天，也照得黑白雙心魔的臉色如鬼魅，原本面無表情的臉扭曲成為嚇人的線條。他那襲黑白相間的衣袍，彷彿硬紙裁成，在陣陣火燒風的吹襲下紋風不動。相對之下，捲毛獅則混身激動不已，髮飛鬚揚，正如雄獅下山，令人膽戰心驚。

「飯桶！給我退下。」捲毛獅大聲咆哮之後，隨即從背後取下九鈴青龍刀。

只見他飛身一轉，九朵刀花，配上九九八十一陣鈴聲，迅速向黑白雙心魔砍去。黑白雙心魔冷笑一聲，桃枝橫護前胸，杏枝則如白色的靈蛇穿梭在青森森的刀花之間。可惜，縱然黑白雙心魔內力蓋世無雙，但柔弱的杏枝畢竟在千錘百練的青龍刀下吃了虧。刀勢過處，枝上的杏花紛紛掉落，屈指一數，地上果然散落九朵殘杏。

「哼！血沙漠的黑白雙心魔的武功果然名不虛傳。」

「您……閣下的九鈴青龍刀也不是浪得虛名。」

「好說，好說……咱們再次手下見真章吧！」

再過數百回合，依然不見勝負。雙方保持距離，各自調整呼吸。

「獅兄，你何必苦苦相逼。」

「雙心魔，你竟然敢說我，苦苦相逼。」捲毛獅激動得全身的毛髮都豎起來，顫抖的說：「你害我的女兒……你害我有口難言，我向你討回公道，你竟然反過來說我苦苦相逼，你……。」

以下的話聲已經被他掄起的九鈴青龍刀的鈴聲所淹沒。

「且慢……我有苦衷……而且你有所不知，令嬡……」黑白雙心魔情急之下，把手中的斷枝舞出桃花千朵紅。

然而捲毛獅的九鈴青龍刀可不是惜玉憐香的春風，所以這一回黑白雙心魔右手的桃枝只剩下一朵桃花，但是花瓣卻殘破飄零，彷彿情劫後的薄命紅顏。他和捲毛獅對看了一眼，一個心知、一個肚明。捲毛獅冷笑一聲，不解風情的無情刀，再度襲花摘蕊。黑白雙心魔縱然護花心切，無奈雨驟風狂，雙手的桃杏，只落得枝葉凋零。

「雙心魔，看你手中的殘枝敗葉，還不甘拜下風。」

「可恨，可恨。若不是你以火光奪月光，害我力道漸弱，此時那有你囂張的餘地。」

「自古以來，勇者以智取，你就乖乖束手就擒吧。」捲毛獅眼看勝券在握，不免得意萬分，接著又說：「你乖乖跟我回去，讓我先閹了你，再將你關個幾年，等我熄了怒火，說不定網開一面，放你一條生路。」

「你別作春秋大夢，我黑白雙心魔豈是個容你隨意擺佈的人。」

兩人一言不合，再度交戰起來。一朵烏雲飛來，掩去原本殘餘的月光。捲毛獅見機不可失，雙手握住九鈴青龍刀，一招平實無奇的『龍騰虎躍』，挾著驚濤駭浪的勁氣，刀是騰空的青龍，人是跳躍的猛虎。就這樣子……眼看著黑白雙心魔就要被九鈴青龍刀劈成兩半時……。

少俠展昭絕無可能見死不救，旋即如蒼鷹展翅，飛撲而下。

「師父，小心。」站在屋頂上的黑子，急急從懷中取出一塊黑色的小石頭。用盡力氣向捲毛獅丟過去。小狗雪若看出來，那塊黑色的小石頭就是她的能言石哥哥。

好一塊能言石，起初是以常速向捲毛獅飛去。但是到後來，說也奇怪，彷彿那能言石具有強大的磁性，狠狠地將九鈴青龍刀吸過去。也就是說，當捲毛獅的刀路想要改變，能言石可以使之靜止不變。

因為能言石的體積太小，所以在場的人根本毫無知覺。只覺得令人費解，為何在那千鈞一髮時，那把彷彿猛龍過江的銅刀，怎麼會忽然在夜空中停頓，就像龍困淺灘般地動彈不得。更不可思議的是，刀背上的九顆銅鈴竟無聲無息地落下來，而且恰好落在那九朵杏花的上面。錯愕的捲毛獅還來不及思考到底是發生甚麼事時，手中的青龍刀竟然碎成破片，恰似輕風捲起的落葉，紛紛飄向落地的泣血桃花失魂杳。這廂情依依，那廂意綿綿，別有一番霸王別姬的淒美……。

只有黑白雙心魔看見能言石，他的雙眼逼出又驚又喜的寒光，拋下桃枝與杏枝，縱身一躍，想要抓住那塊在半空中盤旋的能言石。就在他的指尖碰觸到能言石時，少年展昭正巧拔身飛掠過來助黑白雙心魔一臂之力，兩人懸空交錯之間，飛來飛去的能言石就從半空中掉落。眼尖的小狗雪若不做他想，仰起頭來一含，就把小小的能言石，「咕嚕」地滑進肚子裡。這一瞬間，除了同樣是狗兒的發發看見之外，沒有人發現。

黑白雙心魔本來就不想和捲毛獅對立，趁著捲毛獅失去愛刀而錯愕之中，雙腳一振，宛若大鵬展翅般往黑暗中飛去。

當眾人凝視目送黑白雙心魔離去時，卻忽略了有一條苗條的影子隨後跟去，黑衣白鞋，分明就是踏雪歸來不留痕李尋梅。

捲毛獅等人怒視站在屋頂上的一群人，但是不見了黑白雙心魔，鬥志像洩了氣的皮球。再說，除了情勢不如人，他也不願意得罪黃金劍莊的少主。於是，一行人往原來的路走回去。

屋頂上的黑子等眾人，紛紛跳落到地面。展昭立馬指揮那群黃衣人或滅除殘火、或協助老弱傷患、或取出乾糧和衣物，分送給眾人。諸事底定後，一行人浩浩蕩蕩地離開包家村，往黃金劍莊走去。

不知道是否身心過於疲累，還是別有因由，小狗雪若竟然感覺舉步維艱，只能望著黑子和長保兒等人離去的背影，無法跟行。

大花狗發發自然是留下來陪她，還柔聲安慰她說：「我知道他們要去黃金劍莊。等妳養足精神，我再帶妳去就是了。」

「黃金劍莊？」

「是。說起這黃金劍莊，可要從三十年前說起。」

皇家的御用劍匠展從光年邁體衰，帶著妻小告老還鄉。一路上遊山玩水，來到錦屏山的半山腰，只見半山黃竹，滿坡葵花，金澄澄的一片，呈現出無比華貴的萬千氣勢。展從光長年在皇宮裡，多多少少接觸到地理風水，自然可感覺出這塊山地的潛力和價值，於是就打消了歸鄉的念頭，在此定居下來。

展從光別無所長，只會淬鍊寶劍。但是民風淳樸的小鄉村，別說寶劍，連一般的兵器也殊為少見。所以他就打些農具或菜刀、斧頭之類。他的技藝超群，加上附近的水土會有某些類似黃金的礦物質，所以製造出來的器械不但鋒利，甚至隱隱地泛出金黃色的光澤。展從光的名氣因此近傳遠播，慕名求劍者數也數不清，於是創立「黃金劍莊」。以鑄劍為業，行銷大江南北各地。

展從光有三兒二女，除了二子展金風，其餘皆是平庸之人，所以展金風順理成章地接下「黃金劍莊」的所有產業。他為人慷慨、樂善好施，特別注重江湖義氣，因此贏得黃金劍儒的美名。

十年前和藍田玉商呂學富之女玉露相遇相愛，合成一段名符其實的金玉良緣，而其中的哀艷離奇，更給了當代的詩人墨客無限遐想。後來，詞人秦少游填詞「鵲橋仙」時，靈感一來，信手得之，寫下「金風玉露一相逢，便勝卻人間無數」之名句。

不過，「金風玉露一相逢，便勝卻人間無數」，還有另一種說法是說。金風玉露是一雙雌雄寶劍的名字，也是展從光臨終之前的嘔心瀝血之作。他將手邊珍藏的一把名劍，再把媳婦陪嫁過來的一把玉匕首，熔鑄成兩把寶劍。這兩把寶劍分別命名金風和玉露，只要一起出鞘，同時出招，便可無人招架、天下無敵，和傳言中的干將、莫邪一樣。事實上，當然並非如此，只是江湖上以訛傳訛。

「你發甚麼呆？」

「你講的故事太好聽了，我都聽呆了。」其實小狗雪若想的是倚天劍和屠龍刀。

「真的嗎？」

「你這個人……你這條狗為甚麼這麼沒自信。」

「不是我沒自信，只是我覺得妳不像狗，有點像人，心口不一，講話不實在。」

「你說我連狗都不如？」

「妳看，妳說的又是人類歧視我們狗兒的話。妳啊！人類的口水吃多了。」

「好啦，我不和你說這些有的沒的，你說你們展昭少爺的故事給我聽，好嗎？我看他挺帥的。」

「我覺得妳越來越人模人樣了，妳會不會愛上人類？小心喔！那是變態。」

「你很討厭，甚麼跟甚麼。快說啦！」

小狗雪若越是對展少爺有興趣，大花狗發發越是不想說，真是狗脾氣。

火勢漸漸減弱，氣溫漸漸降低，兩隻狗漸漸靠近。小狗雪若心情一放鬆，不知是幻覺，還是真實，在失去意識之前，看見大花狗發發的眼睛放射出一種從來都沒看見過的光芒。

第九章　現身說法

誤食能言石的小狗雪若夢見自己變成一隻小螞蟻，沿著峭壁、爬行在另一邊是懸崖的小路中。整片山都是濃厚的黑，天空有一點點亮光，好像是一條裂縫。她一點都不怕，因為她知道，這片山就是能言石，它包圍著她，等於保護著她。但是，一陣酸痛忽然從腳趾頭蔓延上來。她低頭一看，嚇得魂不附體，千萬隻白色的螞蟻正在逐漸往她身上爬行。

小狗雪若驚醒過來，一眼看見大花狗發發柔情似水的笑容。牠舔著小狗雪若，笑著說：「怎麼了，做惡夢了嗎？」

小狗雪若想要閃避，卻發現全身無力。

「我身體很不舒服。」

「昨天妳累壞了，休息一下吧！我去找些吃的，妳先填飽肚子。」

「等一下，我有話跟你說。」小狗雪若哀求著說：「發發，你能不能夠現在帶我去找長保兒他們？」

「為甚麼？」

「你暫時不要問我為甚麼，先幫忙我，好嗎？等我任務完成，我一定會詳詳細細告訴你，好嗎？」

「好啊！妳不告訴我也沒關係，我們是朋友嘛！本來就應該互相幫忙。」

「哎呀！」當小狗雪若一移動身體，激烈的疼痛感讓她不由得呻吟一聲。

「妳看起來很痛苦，搞不好是生病了。」

「沒關係的！」

大花狗發發低頭想了一想，問道：「是不是昨天晚上，妳吞了一塊小石頭。」

「想不到被你發現。可能吧？我也不知道。」

大花狗發發關心地說：「要不要去吃點草藥，肚子拉一拉，很快就好了！」

「沒關係，忍一下就好。」

「可是妳看起來病得不輕。」

「走吧！」小狗雪若咬緊牙根，勉強站起來。但是衰弱的四肢讓她不支倒地。

大花狗發發在她身邊繞了幾圈，望著她楚楚可憐的模樣，輕輕吠了幾聲之後，低下頭去，將小狗雪若的身體架了起來。

「發發，你……」

「我要背著妳去找黑子和長保兒他們。妳要扶好我的肩膀，不要掉下來。」

「我會很重嗎？」

「不會啦！」

「謝謝你。」

「朋友嘛！謝甚麼謝。我要跑步囉，妳要小心喔！」

「好！」小狗雪若緊緊抱住大花狗發發，整個身體貼在牠的背部，感覺從來沒有的溫暖和安全感。

大花狗發發雖然是識途老狗，但是從包家村到黃金劍莊是一路往錦屏山的上方走，因此走得非常辛苦。

當他們看到山莊大門時，已經是第三天的午後。

放眼看去，誠如大花狗發發所形容，半山黃竹，滿坡葵花，金澄澄的一片。黃金劍莊的建築以白色和金黃色為主調，只因位在半山腰，所以占地不廣。倒是幾棟沿著山岩建蓋的庭園樓閣，在白雲藍天下顯得格外氣勢萬千、豪華壯麗。

「那裡就是黃金劍莊喔！看起來很氣派。」

「是啊！」

大花狗發發將背上的小狗雪若輕輕放下來。

小狗雪若活動一下四肢，發現已經沒甚麼不舒服的感覺，而且恢復了大部分的體力。她立刻到處去逛，這邊嗅嗅，那邊聞聞，還不忘灑尿留香。這幾日來，她已經逐漸融入狗的世界。大花狗發發看見小狗雪若活活潑潑，心情大好，張開大嘴，試圖展露一個「雪若」式的笑容。

「我們要怎樣進去？」

「從後門吧！」

「我們快一點進去吧！」

「等一下。」大花狗發發用鼻子磨蹭了小狗雪若一下，說：「妳看！」

只見莊門大開，一對中年男女和展昭領著黑白雙心魔、黑子和長保兒走出來。

「那一對中年男女就是黃金劍莊的莊主和他的夫人。」

小狗雪若已經從大花狗發發的敘述，了解黃金劍莊莊主和夫人的身分背景，所以順理成章地說：「原來他們就是黃金劍儒展金風和他的夫人呂玉露。」

「是啊！看起來他們要送別黑白雙心魔。」

「黑子和長保兒也要跟著走嗎？」

「不知道耶，我們繼續觀察吧！」

只見黑白雙心魔向展金風夫婦拜別之後，大步離開黃金劍莊。黑子、展昭和長保兒則繼續跟隨。於是大花狗發發和小狗雪若也默默跟了過去，畢竟眾人心事重重，兩隻狗兒的出現也只是引起幾聲驚訝和關心的么喝。

一行人走到葵花坡盡頭，展昭和長保兒雙雙止步，僅讓黑白雙心魔牽著黑子繼續走。大花狗發發停住，小狗雪若繼續跟到竹葉林。

「父親。」黑子的聲音開始哽咽。

「不准稱我父親。」

「遵命，師父。」只見黑子強忍傷悲，因為師父說過，男兒有淚不輕彈。

「只是生離，並非死別，終有相見之日。」

「是，再見之日也是我們父子相認之日嗎？」

黑白雙心魔心平氣和地說：「你的外祖父火燒包家村之夜，你的娘親突然來見我。她說她的養子小興子被馬香爺搶走，她無力救回，只好求我相助。我答應她，救回小興子之日，就是我們一家三口團圓之日。」

「一家三口團圓之日？」

「是的，我、你的娘親，還有小興子。」

「可是小興子是包家血脈。」

「我知。這也是要從馬香爺手中救回小興子，再由他本人決定。」

「那我呢？」

「當初，我未經你母親的同意，私下將你和包家少爺相換，已經和你斷絕父子關係。所以，我已經沒有資格當你的父親了。」黑白雙心魔蹲下來，雙手搭在黑子的雙肩，真情流露地說：「你且原諒為人爹娘的私心。假如眾人知道你親父是個異類，娘親曾經是在青樓賣笑的妓女。你的前途將是如何？你懂嗎？黑子。」

「是的，我懂。」

「所以你是包山大爺的兒子，小興子是我的骨肉。」

不愧是少年包青天，含淚點頭。

「你的娘親早就認出你來，但是抑制母親的天性，堅持不與你相認，為何而來？你可知？你的娘親和我，一個錦屏山下為人妻、為人母，一個錦屏山上形隻影單。這咫尺天涯之心、相思成災之苦，為何而來，你可知？還有你我有幸一起習武，卻……不說也罷。」黑白雙心魔仰天長嘆一聲後，收拾情緒，鄭重其事地說：「你先在山莊待一陣子，等到展莊主幫大家重建包家村之後，你再回去，好好跟寧老先生學習讀書做人。將來做個好官，為國為民服務，留個好名聲。至於你所學的武功就當成強身自保，不可深究。」

「師父。」

「我們就在此一別吧！」

「師父。」

當黑白雙心魔隱身在竹葉林之中時，黑子的臉上出現兩道淚痕。回頭一看身後的展昭和長保兒，終於忍不住，蹲下來嚎啕大哭。小狗雪若遙遙地看著那一道小小的、悲傷的背影，情不自禁也跟著伊伊嗚嗚地抽泣起來，心裡想的是另一個時空的爸爸。

天色暗下來，展昭和長保兒一前一後走向黑子。小狗雪若看著黑子站起來，然後一行三人走進黃金劍莊，趕緊跟上前去。大花狗發發想當然爾的不落「犬」後。

轉眼又過了三天，只見黃金劍莊裡擠滿了包家村的災民。有借住的災民、有受傷的病患，人來人往，好像一個小市集。

包家村共計死了九人、重傷二十七人、輕傷八十一人、失蹤十五人，其餘的人或僅皮肉之傷、或安然無恙。包山夫婦被列入重傷人口，年老力衰的包員外夫婦和部分僕人有的逃避野牛不及，有的被烈焰吞吃、有的被掉落的重物壓死、有的被驚慌的村民踐踏而死，慘狀可想而知。至於包海夫妻，自私自利地運用各種方式逃過以上的劫運，卻躲不開捲毛獅的憤怒，死於青龍刀下，罪有應得。

浩劫之後，所幸展金風莊主發揮他領導統御的才能，配合賢能的呂金露夫人和少莊主展昭，以及全莊上上下下的人，共同的愛心和努力，包家村在短短的時間已經恢復一半了。

昨夜一陣風雨，讓山裡的氣溫就像深秋般地清冷。無事可做的小狗雪若躺在屋裡，感覺腹中緩慢地釋放出一股暖流，讓她感覺到全身精力無窮。難道腹中的暖流是來自能言石？當她伸出狗爪去抓腹部時，落在目中竟然不是毛茸茸的狗爪，而是多日不見的纖纖玉手。這第一驚可是非同小可，再接下去的第二驚是發現自己一絲不掛。

但是，第一驚加上第二驚不及第三驚的千分之一。她發現屋中有人！

黑子目光炯炯地注視由小狗雪若現出人形的少女雪若，他的身邊還站著狗頭狗腦的大花狗發發。

「妳是何方妖孽？」

「我……」由小狗雪若還原成少女的雪若嚇得無法開口說話。

「那天在古廟，我看到妳由人變狗。風雨飄搖、雷電交加，我以為自己眼花，不以為意。現在，我全程親眼所見妳由狗變人，妳到底是妖魔、還是鬼怪？」

「我……」

「妳且先披上衣物，再慢慢說。」

黑子的神態威嚴，額頭上的月痕隱隱出現白光。他語氣莊重，讓少女雪若情緒慢慢穩定下來。聽從黑子的建議，接過衣物，迅速披上去。黑子背過身子，非禮勿視。可恨這宋朝的衣服，讓她無從穿起，不知如何是好。只好提綱挈領，將兩手胡亂穿入雙袖，然後繫上腰帶。雖然衣冠不整，好歹勝過赤身裸體。

「我好了，你可以轉過身來。」少女雪若第二次現出人形，卻是第一次開口說人話，聲音有些沙啞。尤其是和古人面對面說話，別說詞不達意，根本就是有口難言。

「我再問你一次，妳到底是妖魔、還是鬼怪？」

「我都不是。」

「莫非妳是神仙？」

「不是，我是人。而且我是你的恩人。」

少女雪若便娓娓道出，當日黑子落井，自己如何如何以能言石當作古鏡，如何如何對日閃光，引導黑子脫離險境。

黑子聰明過人，理解能力特強，否則怎能理解少女雪若怪異的口音，從來沒聽過的詞彙，還有那誇張的表情和手勢。

「有關此事，我在此向妳道謝。但是這不代表妳就是人，除非妳懂得變形術。」

「變形術？可以這麼說。」少女雪若便把為何穿越時空而來的前因後果，竭盡所能地交代一遍。但是聰慧如少年包青天，一時之間，還是理不出一個頭緒。

「雪若姑娘所說的能言石，到底是怎麼一回事？」

「它就是你曾經在桃花林拾得的墨石，你已經見識過它神奇的魔力。」

「原來妳也知道這祕密，看來妳所說的經歷極為可信。那能言石如今在哪裡？」

「它在我的肚子裡。」少女雪若提起當時黑白雙心魔和捲毛獅交戰時，無意中吞食飛過來的墨石。

「嗯，我們暫時不談此事。妳說妳是一千年後的人，來到我們這個年代。」

「是的。」

「如何證實？」

少女雪若心想，黑子既然是將來的開封府包青天老爺，理所當然的是司法界的老前輩，那麼他應該有些Sense吧！

「事實勝過雄辯。我說的是事實，你想要證明，那應該是你的事情吧！何況我有不說話的權利，否則被你曲解或是當作證據，對我是很不利的。」

「原來如此。看來以後的人是比較講道理的。」黑子似乎有些相信，說：「罷了，我且暫時相信妳。」

「Thank You。」

「妳說甚麼？」

「沒甚麼。」少女雪若對著正經八百的小男孩作了個俏皮的鬼臉。

黑子不為所動，依然正經嚴肅。

少女雪若發現黑子的右手沾有色彩，便問道：「你在作畫？」

黑子表示包家村全毀，家人離散，所以要畫下來，當作將來重建家園的依據。

「原來如此！所以你畫的就是錦屏山和包家村。」少女雪若看見黑子點頭，繼續說下去：

「你想要把你的家人、你和你師父、小興子放風箏被人擄走、長保兒和發發在玩耍都畫進圖裡面，對不對？」

「妳看過我的畫？還是妳們那個時代的人，都有千里眼。」

「我們那個時代，不但人人都有千里眼，還有順風耳。」少女雪若不想多言，簡單扼要地說：「因為你那一幅畫以後會掛在我家客廳的牆上。我不知道你是否已經完成，但是我可以更詳細的形容裡面的一筆一畫，例如有捲毛獅和黃金劍莊。」

黑子微微一驚，隨後帶領少女雪若進入他的書房。書桌上鋪放著畫紙，構圖色彩和家中客廳所掛的那幅古畫一模一樣。只差還沒有落款，還有畫中的黃金劍莊少了那座高聳入雲的寶塔。

當少女雪若說出其中的差別時，黑子建議：「既然如此，妳就把妳記憶中的那幾個字寫下來吧！」

少女雪若毫不猶豫地拿起毛筆，正經八百地寫著：

記得當時明月，獨自天涯消瘦；
不見青山隱隱，且聽綠水悠悠。
三聲嘆兩分情，一滴淚半分愁；
回首燈火闌珊，依然恨鎖重樓。
今夜春歸何處，明朝寂寞沙洲；
金風玉露相逢，夢魂已過黃昏後。

少女雪若寫完，把毛筆放回去，抬頭見到黑子落入沉思，便默默站起來。低首垂目時，瞥見被冷落的大花狗發發正哀怨地看著自己，一時心生愛憐，蹲下來緊緊抱住牠。

「妳們那個時代的人所寫的字別有一番意境。」

「我們很少寫字，都是用打字。」

「咦？」

「以後有時間再慢慢告訴你。」

「也好。」黑子笑一笑，然後又說：「至於妳所說的寶塔，事實上並不存在，所以我不能無中生有。」

「沒關係，我就靜觀其變。」

「好。既然如此，我完成之後，就把這幅畫送給妳吧！」

「恐怕不行，因為違背這幅畫的命運。」少女雪若放開大花狗發發，站起來。

「妳的意思，妳不願意留在這裡。」

少女雪若念頭一轉，決定把自己的命運交給眼前這個將會名垂青史、智慧超凡的小男孩。她語氣堅決地說：「我需要你幫助我破解千年魔咒之後，我才能安心回家。」

「感謝包少爺。」少女雪若心裡那樣想，口中卻這樣說「Thank You。」

「哈哈，我了解了。原來Thank You就是妳們那個時代表達感謝的口頭語。」黑子淡然一笑，說：「我等一下吩咐兔兔兒帶妳下去，換一套正常的服裝。妳逢人便說妳是鄰村女子，來包家村作客，不幸遇到火災，財物盡失，有家歸不得，暫住這裡。妳務必沉默寡言，不要引起他人猜疑。我會約少莊主於亥時來此處，我們再集思商量對策。」

「是。」小狗雪若無法學習電視劇中的對白，自稱奴家或是小女子等自稱語。

當晚，少女雪若隨兔兔兒用餐完畢，獨自一人直接到黑子的書房等待。大花狗發發全程跟隨，不時流露出疑惑的眼神，看著這位憑空出現，和小狗雪若有著同樣味道的神祕少女。

少女雪若低頭欣賞黑子完成的畫作。黑子已經在畫的上款寫著雪若，下款寫著廬洲合肥黑子。再度瀏覽畫作，一切和家中掛的古畫相同。遺憾的是，黑子還是沒有把寶塔入畫。

這幾天，當她還是小狗雪若的時候，幾乎已經逛遍了整個黃金劍莊，並沒有看到寶塔。所以，黑子不可能無中生有，因為必須寫實。

窗外的遠山近樹都不見了，月光朦朧，雲霧迷離，是一個充滿懸疑氣氛的秋夜。

沒多久之後，黑子和那位被小狗雪若認定是展昭的少年俠士聯袂走進來，後面還跟隨著滿臉好奇的長保兒和大花狗發發。

少女雪若見過展昭和長保兒之後，再次把自己的遭遇細說一遍。雖然他們兩人已經聽過黑子的陳述，還是免不了露出不可置信的神情。

展昭率先發言：「子不語，怪力亂神。乃因吾輩不懂，故不可胡言信或不信。然而古今皆有變形術、隱身術、騰雲駕霧、海外仙山、上窮碧落下黃泉等等唐人小說的奇招幻術，皆有記載，而且言之鑿鑿。只是這來去古今之說，倒是不曾聽聞。今日聽聞，匪夷所思。」

還原本尊的雪若第一次用少女的眼光欣賞展昭的本尊，覺得對方長得比那些電影或電視明星好看多了。如果扮成時裝，必然是英氣逼人，絕非現代那些男神、偶像比得上。至於長保兒，雪若認為不論用人或用狗的審美觀看來，好像都差不多。

黑子接著說：「雪若姑娘曾經提及質能不變之說，我當時並不很了解。但是，經過一番思考，有關凡是天地萬物皆由極小極小的粒子所構成，且姑妄稱之『氣』。凡是人由『人氣』凝結人形，狗由『狗氣』凝結狗形，花由『花氣』凝結花形。至於風雲則是無形之氣，飄幻自由。這氣可藉由『道』而變來變去。因此，人散化成『人氣』再轉化成『狗氣』或『花氣』，最後凝結成狗的形狀或是花的形狀，這就是變形術。如果暫留為『人氣』，過一陣子再恢復原狀，就是隱身術。人死了，『人氣』便散成三魂七魄。」

少女雪若心想，這「氣」不就是能量嗎？

長保兒聽了半天，也悟出一點道理，說：「依照我個人的觀察和認知，分明就是冰、水互換，因此我就懂了雪若姑娘的所言所說。你們大家想想，如果將清水加熱，水化成輕煙，便可飛上青天。所以假如這『氣』如果能夠上天下地、扭轉乾坤，那麼雪若姑娘的人犬互換、來去古今也並非不可能。」

展昭擊掌叫好，說：「如果說這『氣』就是雪若姑娘所說這『能』，那麼這『質』就是這『道』了。如果我們找到足夠的『氣』和正確的『道』，雪若姑娘就可以安心回家了。」

黑子也自信滿滿地對少女雪若展顏而笑，說：「我們需要的『氣』是無窮無盡的太極之氣，我們需要的『道』是生生不息的五行之道。」

一番妳問我說、我說妳問之後，逐漸成為以黑子為中心的研討會。

「我讀前人詩詞時，常常會對照比較。其中一句是唐朝李商隱無題詩裡的『相見時難別亦難』和南唐李煜的詞『浪淘沙』其中的一句『別時容易見時難』。看來雪若姑娘的狀況是來時容易去時難。」

「回到過去和飛向未來一樣困難，只是我當時是藉著能言石的力量才能穿越時空。」

「我曾經和墨石、嗯……是能言石，相處過一陣子，我知道它的奇妙之處。它有種啟發靈感和原力的功能。它既然被妳吞食，已經化成妳身體的一部分，所以我猜想，這份能力已經完全歸妳所有，也讓妳恢復原來的樣子。」黑子信心十足地說：「只要妳找出方法。」

當少女雪若聽到黑子說出這句話時，忽然想到能言石也說過同樣的話，不由得又想起能言石曾經提起『極致的強度和變化能源』，可以延伸更多的物理化學變化。那些一千年，只有少數頂尖的數理科學家所假設的時空旅行理論。雖然天資聰明如黑子，也聽得懂嗎？答案是肯定的，只是她不知道如何開口說明。少女雪若決定要把能言石說過的話再思考一遍，整理清楚之後，再和黑子所言的太極之氣和五行之道融會貫通，說不定會找出可行的方案。畢竟此時此刻，自己人在古代，必須運用古人的智慧，而非一千年後的科學理論。

長保兒問道：「黑子跟我說，妳是跳進一幅古畫，然後出現在包家村。為甚麼是這裡，而不是別的地方？」

「因為那幅畫畫的就是錦屏山和包家村。我一開始是出現在春曉亭。」

「那妳是不是要從春曉亭回去妳家？」

「我不知道，因為沒有能言石的指示，我不知道。」少女雪若想一想，說：「應該是不一定。我第一次有機會回去，是在錦屏山的古廟，當時我有聽到我的父親的聲音，好像是說我家的那幅古畫被風吹歪了。還有第二次，我是被火球追趕，感覺好像是我家的那幅古畫差點被火燒起來。我當時拼命地跑，在真實和幻境之間看到一處萬丈深淵，對岸就是我的家。當時還有發發陪著我。」

「發發？」

被點名的發發，立刻低吠幾聲。

「是。」少女雪若想說大花狗發發就是狗臉人，想一想，不提也罷。只伸出手去摸發發的狗頭。

「我認為這位姑娘是不是在做夢？」

「如果她在做夢，那不是我們每個人都在做夢，然後大家夢在一起。」

「可能嗎？」長保兒無法理解。

「不可能。」黑子說明：「如果雪若姑娘的第一次發現回家之路，是因那幅畫被風吹歪。第二次的回家之路，是因為那幅畫著火了。總之，都是因為外力的影響。所以我們要想出如何和雪若姑娘的父親溝通，找出發現回家之路的關鍵所在。」

「因為那幅畫著火了？所以引起錦屏山大火，然後殃及包家村？」長保兒問道。

「不是這樣的。」

一直保持沉默的展昭說：「那幅畫在哪？」

「就在那裡。」

四個人和一隻狗就圍過去。

展昭臉色一沉地問黑子：「這些字的筆跡古怪，應該不是你寫的吧？」

黑子訝然回答：「雪若姑娘的佳作，怎麼啦？」

展昭雙眉打結，不高興地問少女雪若：「你如何知道家父家母的名字？」

「我不知道啊！」

「這金風玉露正是家父和家母的名字。那為甚麼有金風玉露相逢？」

「我從小就看這幅畫，畫裡就有這些字。」

「既然如此，何不在莊主和夫人發現之前，速速抹去這幾個字？」長保兒建議。

「千萬不可，天意不可違之。」黑子連忙否決。

「那麼，我們來研究這首詩。」

雖然說是共同研究，其實大部分都是黑子的推理和演繹。最後的結論便由黑子對著少女雪若發言：「記得當時明月，獨自天涯消瘦說的就是妳，把妳比喻成明月，不見青山隱隱是妳離開家鄉，看不見家鄉的景色。且聽綠水悠悠是指妳有家歸不得，只好把他鄉當故鄉。三聲嘆兩分情和一滴淚半分愁是指妳第一次在風雨交加中找到回家之路，但是情義糾結、天人交加之下，決定留下，再添思念父親的聲嘆親情，淚灑鄉愁了。回首燈火闌珊和依然恨鎖重樓是指妳第二次找到回家之路，然而還是失敗了。這個燈火闌珊可以說是火災過後的淒涼，恨鎖重樓是指你現在住的是黃金劍莊的後院小樓。所以還沒出現的情形隱藏在最後四句裡。」

今夜春歸何處，明朝寂寞沙洲；

金風玉露相逢，夢魂已過黃昏後。

一陣沉默過後，黑子再次開口說：「今夜春歸何處，就是描寫雪若姑娘現在的心情和處境，也是大家正在思索的問題，到底哪裡是回家之路呢？明朝寂寞沙洲隱喻雪若姑娘不是可以回家，就是一個人寂寞的，永遠困留在這裡。所以關鍵點就是最後的金風玉露相逢，夢魂已過黃昏後。」

眾人無語，只聽到秋風蕭蕭。

「我發現唯一不同的地方，就是這裡。」少女雪若打破沉默，指著畫中的黃金劍莊，說：「我家的古畫中，這裡有一座高聳入雲的寶塔。」

「黑子，趕快畫上去！」長保兒建議。

「不行，我是依據實景畫畫。如果隨意亂畫，反而不佳。」

「雪若姑娘，你就照你的記憶說出來，讓黑子補上去。」

「我……應該不是畫上去的。」少女雪若檢視黑子書桌上的顏料，並沒有金漆之類，說：「難道是貼上去的嗎？或是……。」

又是一陣沉默，而且似乎是無止境的延長下去。

「夜已深，我們在這裡胡亂猜想也不是辦法，不如先解散。明晚此時此地再相聚討論如何？」展昭的提議獲得一致的同意，於是各人自行回房休息。

今夜春歸何處，明朝寂寞沙洲；

庭院深深、秋夜淒涼。少女雪若獨自憑欄，望著簾外雲月交融，點點滴落竹林間，化成翻滾的輕煙寒霧。眼眸一眨，淚珠滑落，分明是雲淡月明。少女雪若自問何時能夠回到春光明媚的家鄉。如果無法成行，是否這輩子，就永遠困留在雲水之間的沙洲呢？

第十章　楚楚芳魂

今天是雪若來到黃金劍莊的第十天，也是立秋的第一天。除了第一次的會議，關於長保兒的千年魔咒和雪若的回家之路，四個孩子都有些想法之外，其他的會議都是空談，毫無實質上的結論。加上全莊的人都為火災後包家村的重建而努力，放在雪若身上的心思也就越來越淡薄了。

展昭必須協助他的父親展莊主調配物資和人力，黑子和病床上的包山一起規劃先在包家村的原址臨時蓋些房子，還有整理田地和菜園，長保兒和雪若則負責照顧傷患。

不過有一次，雪若和展昭在藏書閣的門口不期而遇。展昭除了表示他對雪若近況的關心，也說他時時刻刻沒有忘記如何幫助雪若回去未來。

「關鍵點就是妳在畫中寫的最後二句『金風玉露相逢，夢魂已過黃昏後』。所以我這幾天一直思考，到底是甚麼意思？最重要一點，雪若姑娘一直說，我們家有一座寶塔，可是事實上並沒有。妳的問題讓我想到我小的時候，有很多不曾來過我們黃金劍莊的友人也問過同樣的問題。於是，我舊事重提。家父給了我答案，因為那是鎮莊寶劍每逢七夕，便會是劍氣沖天。遠遠一望，宛如一座寶塔。」

「原來如此。」

古代似乎沒有甚麼法定年齡的觀念，只要身體略有大人模樣，尤其是女孩子，十一、二歲為人婦，為人母，乃是日常所見。所以雪若的模樣，看起來已經是個老姑娘了。

由於雪若聰明能幹，同時具有現代的衛生觀念和簡單的醫學常識，所以就被黃金劍莊展莊主任命為總管理。甚至為了工作方便，她被安排住在充當醫院的大廳後面，一間原先是為貴賓所設的客房。周遭沒有嬌花艷蕊，只有幾株蒼松聳立在佈滿青苔的岩石之間，空氣中散發出一種肅穆之氣。忙碌的生活使她暫時忘記了生活在古代，忘記了回家遙遙無期的煩惱。更何況如今大花狗發發隨時都陪伴在她身邊。

黑子、展昭和長保兒一有空閒，都會連袂一起來找雪若，要求她說些二千年以後的奇聞軼事。

這天是長保兒起的頭，他問道：「雪若姑娘，你們那個時候的人是不是都長生不老。」

「沒能長生，卻能不老。」雪若接著說明拉皮整形、削骨美容，連玻尿酸、肉毒桿菌都一一道出，聽得大家目瞪口呆、嘖嘖稱奇。

展昭笑著說：「莫言長生不死，說不定摘星奔月都如囊中取物。」

雪若本來想要跟大家講述阿姆斯壯如何登陸月球，月亮實際上沒有嫦娥、月兔、吳桂和廣寒宮。但是覺得未免太煞風景，破壞了他們對月亮美好的想像。至於星象和天文學，雪若所知有限，不敢賣弄。於是，又繞回原來的話題。

「話說長生不死，是有可能。但是，並非如大家所想像的樣子。」雪若想起學校老師曾說過一段很有趣的科學小故事，於是說給大家聽。

遺傳學家J. B. Gardon，用輻射線破壞了一隻非洲有爪蛙未受精卵的細胞核，再用另一隻蝌蚪腸細胞的双套核來代替，然後誘導發育成完全正常的成蛙。簡單地說，他將一粒細胞，複製成一隻和這細胞主人一模一樣的青蛙。

大家聽得津津有味，雪若接著又說：「後來，我在學校的讀書會，被指定讀了一本小說，描寫某富豪用自己細胞『做』了一個和自己一模一樣的人。我在讀書報告上寫出自己的想法。如果這個實驗成立的話，那麼處女受孕就不怎麼驚世駭俗，然而根據遺傳學的理論而言，嬰兒必須是女的。」

長保兒拍手大笑，說：「那不用結婚生子，就可以傳宗接代。再也不愁不孝有三，無後為大。」

「彼時的人類都會在臨終之前，複製一個自己。所以，等於是長生不老的概念。我在想，如果不考慮人口問題的話，複製千千萬萬個自己，也是不無可能。」

長保兒做了個恍然大悟的表情，說：「坊間流傳一則神話，說道前朝高僧唐三藏到西方取經。有三個武功高強的徒弟保護他，免受妖魔鬼怪的侵害。其中有個由猴子化身而成的孫悟空，又名『齊天大聖』，本領最高強，能夠拔下身上的毛髮，吹口仙氣，就變成另一個孫悟空去和妖精打鬥，不夠的話……再來一個，直到身上的毛都拔光。原來就是這種概念！」

展昭露出難得一見的頑皮笑容，說：「如果我們把這則神話變成了事實。那些複製人展昭全力為我本人拼命工作時，我就可以優閒地欣賞美麗的藍天白雲和清風明月。是不是？包少爺。」

靜靜聆聽的黑子，不以為然地說：「就像時常戴面具的人，最後忘記了自己真正的面孔。在一大堆『自己』中，『自己』往往弄不清誰才是『自己』。尤其是複製的過程，只要稍微出了個小差錯，就會遺恨千古。」

黑子說得太深奧了，大家無法接腔，一時落入尷尬的沉默。只有不甘寂寞的大花狗發發發出低沉的聲音。

雪若表示時候不早，不過在大家離開前，再說一個自己亂編的故事。

「當複製人管理地球的時代，西方最偉大的政治家就是被『自己』暗殺的，垂死的他淒厲地喊出：『我是凱撒，你是布魯斯。』而在東方也發生了同樣的慘劇，『自己』不斷迫害另一個『自己』，致使另一個自己感嘆地唸出：『本是同根生，相煎何太急。』」

「哈哈哈。」眾人大笑，莫名其妙的大花狗發發也跟著輕吠幾聲。

「所以『不要太相信自己』是流傳在複製人時代的至理名言。」雪若舉起雙手，大聲宣布：「散會！」

在這段既忙碌、又充實的日子，雪若和兔兔兒成了好朋友。

兔兔兒是個眉清目秀的小女孩，只因為天生兔唇，因此被壞心人取了個苛薄的渾名。所幸兔兒天性樂觀，也不為意。久而久之，倒成了一個可愛的綽號。

她忙完一個段落，正要坐下來休息，只見兔兔兒端來一杯茶。

雪若接過來，喝了一口。雪若感到通體舒暢，唉！古代人喝的茶比我們的紅茶、綠茶、水果茶好喝太多了。不知不覺一口接一口，讓甘醇的茶水不斷地流入喉嚨。

兔兔兒以嘆氣作為開口的前奏曲，然後說：「翠蓮失蹤了，離奇的過程使我不知如何是好，希望妳幫忙找一下。」

翠蓮是包大奶奶的貼身丫環。面貌姣好，身材瘦瘦高高。雪若第一次見到她是在包家村舉行的村民大會。她和一個胖大娘嚼舌根、大聊特聊包員外一家的是非。雪若永遠忘不了胖大娘看到她要把她煮來進補，翠蓮想要把她當寵物養。

「失蹤？」雪若反問道：「有甚麼難言的苦衷，迫使妳不能往上稟報嗎？」

她神經兮兮地一笑，又恢復嚴肅的面孔，說：「萬一翠蓮她只是一時糊塗，妳是知道的嘛……事情擴大弄僵，對一個黃花大閨女的名節總是不太好。所以我才來找妳。或許妳可以給我一些建議，否則我實在……是……唉！教我怎麼說……。」

「我和翠蓮不是很熟悉。所以請妳把她的身家背景資料，以及她怎麼失蹤，還有妳心裡的疑惑和想法，全部說出來。」

「火災之後，我和翠蓮一塊兒來黃金劍莊，被安排住一起。翠蓮負責洗衣，我負責煮飯。本來我以為她是照例回包家村辦些私事，可是當值的大叔卻說她沒有申請外出。我又不敢隨便亂問，惟恐引起不必要的猜疑和麻煩。最令我擔心的是，翠蓮只要在外面過夜，一定都會跟我說。」

「劍莊的管事知道嗎？」

「當值的大叔說翠蓮沒有申請外出時，我心急之下，就主動跑去找劍莊的管事，騙他說翠蓮家中有要事，暫時不回劍莊了。也許妳會問我，為甚麼要這樣做，因為礙於劍莊規定，無故離莊會遭受處分。何況……。」

「我以為翠蓮是去私會陶哥兒。可是，今天早上我遇見陶哥兒，就拐個彎問他。殊不知他說這幾天都沒遇見翠蓮。他那樣子，也不像是說謊。所以，我猜想翠蓮好像另外有了男人。」

「另外有了男人也不是甚麼了不起的事。」雪若心中想，但是不敢說出口，畢竟現在是禮教吃人的古代。如果被人知道自己的想法，搞不好會被認為散佈異端，當下被斬首示眾。

兔兔兒似乎讀出她的心思，皺皺眉頭，說：「我不知道翠蓮為甚麼會這樣，應該不會啊！我對她很了解，她的心上人可是陶哥兒，包家村裡的第一美男子，又多情、又實在，是千裡挑一的人才。我實在是不相信，可是事實卻又擺在眼前。對了，依我所知，陶哥兒並不怎麼喜歡翠蓮，只是被他的雙親逼婚。」

雪若知道兔兔兒心裡很喜歡陶哥兒，所以語氣特酸。

「所以呢？所以，翠蓮的確另外有了男人。是不是？」

兔兔兒很為難地點點頭，說：「昨晚，我比往常遲些回去。我一面呼叫，一面敲了幾下房門，但是過了很久，還是沒有反應。我想或許房中沒人，或許是翠蓮睡死了。正要推門而入時，沒想到房門驟然被打開。令我大吃一驚，竟然是個陌生的男人。」

雪若睜大了雙眼，只見兔兔兒的臉頰迅速飛上赤紅的顏色，喃喃地說：「他赤條條的……。」

「他是誰？」

「我從來就沒有見過那個男人。」兔兔兒加強語氣地說。

「包家村的人嗎？」

「不是。」

「既然不是包家村的人，那應該就是黃金劍莊的人。如果當面指認，認得出來嗎？」

「縱然是黃金劍莊的人，總共人數兩、三百，我又是剛來，所以根本沒辦法指認。」兔兔兒搖搖頭，無奈地說：「無憑無據，此話可不能亂說，我們寄人籬下，更要謹言慎行。」

「這我知道，所以我們要找證據啊。後來呢？」

兔兔兒搖搖頭，彷彿是要搖掉腦袋中的髒東西。好一陣子才說：「我當時的反應是想看翠蓮，然而她卻躺在床上，被單包得密不透風，只露出縷縷青絲。我想，她可能怕羞而裝睡。發生這種事情，避不見人是自然的反應。」

「那個男人長得怎麼樣？」

「乾乾瘦瘦，略有年紀。想不起他的五官。而且他全身赤裸，所以我只能往下看。唯一印象深刻，是他穿了時下流行的如意靴。」

「我知道那是件很困難的事，不過希望妳能努力地去回想那個男人的臉，或是甚麼特徵。」

「在那種情況，我根本就沒有觀察的能力，何況我站在明亮的走廊，他是躲在房間的陰影裡。」

「可是，妳看到翠蓮在裝睡。」雪若被挑起興趣，所以疑問油然而生。

「因為床頭亮著燭火。」她解釋，然後好像要避開問題地又說：「我趕緊離開，但是又不能走遠。這裡不是包家村，規矩既多且嚴。為了避免被那男人糾纏，我只好在長廊拐角處的石椅坐著，也不知道該怎麼辦，只能等待。過了沒多久，我聽到我們的房門打開，再來是沈重的腳步聲，然後是大門打開又關上的聲音。我禁不住偷偷往那邊瞧著，已經沒有任何動靜。」

「翠蓮沒有跟他一道走嗎？」

「我只聽到男人的腳步聲。」兔兔兒略作思索狀，又說：「其實我很想過去和翠蓮談談。但是，我也是個女人，了解被人視破姦情。也不能說是姦情，只是……唉！妳應該了解，反正就是那種無法說清楚的心情。於是，我就採取自認為最聰明的方法，暫時不回房，去和別的姊妹擠著過夜。」

「然後，妳就沒有再見過翠蓮？」

兔兔兒點點頭，說：「早上醒來，想到前晚的事，又羞怯、又為難。可是總不能一輩子不見面吧？於是，拖到不能再拖的時候，我才想主動去找她。可是後來都沒有看到她的踪影。想想妳那麼聰明伶俐，就特地來找妳商量。」

「我才沒有妳說的那麼厲害，我只是收集線索，推理之後，再做判斷。」

「那我們該怎麼收集線索呢？」

「重回犯罪現場，我們就到妳和翠蓮的房間看看。」雪若注意到兔兔兒的臉色迷惘，了解她聽不懂自己在說些甚麼東東，就一筆帶過，故作輕鬆地說：「水來土掩、兵來將擋，船到橋頭自然直。」

雪若先跟照顧傷患的丫頭交代，然後跟著兔兔兒出了房門。為了節省時間，不沿迴廊，只走捷徑。這黃金劍莊乃是順著錦屏山的地勢建造，所以路徑彎曲陡峭，走來辛苦。兔兔兒是長期勞動的丫頭，因此健步如飛。雪若曾經是狗兒身，經過一番體能訓練，所以一路跟隨，毫不遜色。

兩人到了專供丫環姨娘住宿的小院，兔兔兒率先領著雪若進入她和翠蓮的房中，隨後便靜靜地站在雪若身後，隨時準備回答問話。

「很平常的單身女郎套房嘛！」雪若在心中開始安排推理的程序，嘴上說：「到處乾乾淨淨的，翠蓮似乎有潔癖呀！」

「我不以為然。或許是心血來潮，以前不是這樣子的！我還笑過她，連被子都不會疊。」

被她一提示，雪若就格外留意床單和疊成四方形的棉被。哇！不禁令她想起軍教片中，那些大頭兵所受的寢務訓練。

雪若蹲下去詳察床單塞在床墊之下的情形。

兔兔兒可能嗅出雪若散放出疑惑的氣息，低聲解釋：「為了掩飾姦情的痕跡，女人總是會費盡苦心。」

「連床單都換成新的，那舊的床單呢？」

「我不知道！好像不見了。」

「麻煩妳再找找看，好嗎？還要麻煩妳檢查一下她的鞋子。」。

兩人翻箱倒櫃一番後，兔兔兒正愁著臉，說：「我找不到那條舊床單。」

「翠蓮有幾雙鞋子呢？」

「如果連前幾天才繡好的繡花鞋也算進去的話，應該有四雙吧！」

「妳確定？這個答案十分重要。」

「沒有錯。」

「可是，這裡共有四雙。難道她穿了妳的鞋子不成？」雪若更加迷惑，但某種惡兆已經逐漸形成。

兔兔兒仔細檢查自己和翠蓮的鞋子數目之後，滿臉惶恐地說：「我們的鞋子全在裡頭，莫非她是赤著腳出去嗎？」

「她不是走出去的，而是……。」雪若沒有說，因為證據尚未齊全。

從這個房間的窗戶望出去，看不見竹林和葵花，卻看見宛如鬼魂般的雲層，逐漸逼過來。雪若目迎它們湧入她的腦海，然後化成聲音，說：「翠蓮已經死了！」

「死了？」兔兔兒的聲調滑上去，因為兔唇所發出的聲調特別刺耳，問：「何以見得？」

雪若依然望著窗外，背著她說：「等一下再解釋，而且我也可以大略地推出誰是兇手。」

「是誰？」兔兔兒的聲音支離破碎。

「那個男人，妳親眼看到的那個男人。」雪若猛然回過頭來，字句清晰地說出：「當時的翠蓮已經嗚呼哀哉，只是妳沒注意，因為狡猾的兇手把房間的氣氛弄得很曖昧。他第一次離去其實並沒有離去，留著監視妳的行動。幸好妳的不管他人瓦上霜的態度救了自己，否則他很可能也會殺妳滅口。」

兔兔兒將雙手緊按在胸口，目瞪口呆地聽雪若說明。

「他冷靜地處理了善後，就抱著翠蓮的屍體離去，這也就是妳聽到的沈重的腳步聲。至於我推論翠蓮已經慘遭不測的理由，當然是鞋子的數目沒有減少，這一點想必妳可以了解。至於失踪的舊被單，則可解釋成包裹屍體的工具。或者……濺到死者的分泌物。據我的觀察，並沒有甚麼血跡或異味，所以行兇的方式一定是勒死對方。而人被勒死的時候，往往會有些排泄物，所以兇手就必須帶離現場。」

兔兔兒恨恨地說：「可惜，我沒有注意到他的長相。」

雪若回首看看那堆越來越濃，越來越黑的雲，說：「他敢開門和妳打照面，必定是妳所不熟悉的人。蠻重要的一點，兇手的體格證明不是做粗工的下人。但是他又能夠把被單和棉被整理得那麼整齊，而且還能夠在短短的時間，把曾經有所改變的現場，恢復到連妳都察覺不出的原狀，整個黃金劍莊有幾個男人有這種能耐？」

「雖然不多。」兔兔兒不知想到甚麼，強辯地說：「可是算一算，還是不少。」

「最重要一點是他穿了一雙時下流行的如意靴，還有他一點都不避諱妳。」

「不避諱我，此話怎說？」

「表示他在劍莊裡的地位並不低。」雪若握握兔兔兒的手，說：「兇手不是粗人，是個會用腦筋的人。他回應妳，篤定妳在明處，他在暗處。不但把屍體布置成裝睡的樣子騙妳，還用一絲不掛來驚嚇妳。值得一提，他不避諱妳可能躲在房外偷看，大大方方把翠蓮的遺體運走，因為他可能已經產生殺妳滅口的動機。」

兔兔兒的面色一陣青、一陣白，顫抖著聲音，說：「我們趕快去稟報吧！」

「不必了。」只見少莊主領著黑子和長保兒推門而入，最後還跟著搖頭擺尾的大花狗發發。兔兔兒趕緊彎腰問安，然後轉身去準備茶水。雪若要跟著去準備茶水，但是被黑子阻止，命令長保兒代勞。

房間狹小，眾人不分賓主身分，隨意坐下。大花狗發發則緊緊靠在雪若的腳邊。

展昭笑著對雪若讚賞，說：「好個蘭心蕙質的姑娘。」

「謝謝展爺誇讚。」

「妳不說Thank you？」

難得見到一向嚴肅的黑子幽默一下，雪若不由嫣然一笑。

「我早就聽聞莊裡出了淫賊，逼姦少女，只是苦於缺乏證據。方才家丁匆匆稟告莊主，內務總管行事鬼祟，似乎是偷竊財物，意圖逃離。我將他拿下，竟然在他的房裡發現一具屍體。拷問之下，他才一五一十地說出來。」

「這是展爺英明，與我無關。」

「雪若姑娘，妳太謙虛了。」三人齊聲稱讚。

「雪若姑娘這番論證，對我來說是當頭棒喝。比起嚴刑拷打，更令人心服口服。黑子若有一天當了父母官，必然力求證據，既不冤枉好人，也絕不放過歹徒。」

「但願如此。」雪若仔細一想，堅決的說：「我相信妳一定會公正不阿、勿枉勿縱。」

「妳知道我們為甚麼跑來找妳嗎？」長保兒搶著說話。

「是啊！為甚麼呢？」

「包少爺和展少俠已經找出妳回家的方法了。」

「言之過早，言之過早。」展昭阻止長保兒繼續說下去，眼角瞄到站在一旁，既茫然又惶恐的兔兔兒，就命令她先退下。

「有關此事……。」展昭嘆了一口氣，停頓很久，似乎在思考如何開口。

長保兒搶著說：「上次大家討論結果，說雪若姑娘若要回家，不是需要『太極之氣』和『五行之道』嗎？他們倆人分別想出方法。展少俠，你先說。」

「這只是一個初步想法。」展昭頓了一頓，說：「雪若姑娘曾經說過，她有兩次機會回家，一次是在雷電交加的風雨天，一次是在山林火災的奪魂夜。我和包少爺討論的時候，長保兒神來一筆地說，那就是存在於天地之間的『太極之氣』，足以顛倒六合八方、通達古今未來。至於這『五行之道』，我所知有限，過於艱深，我無法多加說明。只能引述包少爺的說詞。」

「我也是順著長保兒的異想天開，參考了一些有關道家的書籍。發現五行之外，還有五材、五色、五方、五季、五時等多項和其他人文醫學、地理星象的關聯。古書記載，所有關聯的項目如果一致的話，那就無所不能。這也是為甚麼當代皇帝這麼注重五行了，因為他要求的就是能夠照天行事，心願順遂。」

黑子望望窗外，接著說：「黃金劍莊的鎮莊寶劍屬五材的金，淬鍊之後呈現五色中的白色，劍莊方位為五方中的西方。此刻正是五季中的秋天，還有種種巧合，因此在五節中的七夕，五時中的日入、也就是黃昏的時候，寶劍會自動往五星中的太白金星方向發射出一道劍氣。不知情的人，遙遙望來，以為黃金劍莊建造了一座金色的寶塔。」

展昭說：「我也聽過家父說過，萬事萬物都可以分別歸屬於五行，相生相剋，必有其因其果，我們要順其自然，不可違逆。因此，我悟出一個道理，我們何不照這個道理來想出讓雪若姑娘回家的方法。」

「其中最重要的一點是雪若姑娘的義行，真正合乎了五常中的義氣。」

「甚麼義行？」長保兒不明就裡，傻傻地問。

「只是……」雪若望了望可愛善良的長保兒，露出有口難言的神情。

黑子知情，隨意找了個藉口支開長保兒。隨後還親自往門外探了探頭，確定長保兒沒有在外頭偷聽。

折回原位，他慎重其事，兩手抱拳，對雪若作揖，說道：「感謝雪若姑娘菩薩心腸，為了幫助長保兒解除魔咒，從千年之後冒險而來。我認為一人做事一人當，既然是長保兒犯了天意，理論就該承受擔當，所以雪若姑娘不必為古人擔憂。這幾天，展少爺為雪若姑娘的千年歸鄉煩心，我則為長保兒的千年魔咒思慮。展少爺從五行下手，我是由八字上心。」

「八字？」

「這個靈感來自當日我們在替包少爺選伴童，有人推薦小興子，有人推薦長保兒。他們把兩個人的命格拿出來分析。長保兒一生下來就不好養，只能靠平安符才能平安無事。而且命官不佳，無法為爹娘繁榮子嗣。所以長保兒別說能夠為他人帶來福蔭，恐怕自身難保。另外，小興子的命格十分與眾不同，非常非常貴氣，這樣的小孩是會遭鬼算計。但是兩相衡量、幾番討論之後，就選了小興子當我的伴童。」

雪若聽到這一段往事，想起俊俏可愛的小興子，心有戚戚焉。

「寧先生說既然選了小興子，也不能不考慮他的命格。命是天生，不如改運。既然改運，先從名字改起，從此小興子從張興改名包興。如今長保兒的父母雙亡，已成孤兒。小興子如今下落不明，生死難卜。我發誓必將長保兒視為我的手足，終生為伴，不離不棄。附身於長保兒的魔咒視為附身於我自己的魔咒。有此認知，自我警惕之後，再推己及人。以解除附身於長保兒的魔戒為己任，再擴展到解除附身鄉鄰村民的魔戒，宛如石落大湖，波紋不斷擴大到全國百姓。也不枉寧先生為我取名包拯，取意將來可拯救百姓於水火之中。還有起字『文正』，取意文正為政，將來管理國政，必為治世良臣。」

雪若乍聽之下，如五雷轟頂。難道此回的穿越時空之旅，自己扮演的角色就是一名點化的智者嗎？當然不是，自己只是能言石借用的一個工具。然而這所謂的千年魔咒，對於像黑子這樣有智慧的人，似乎別有一番意義。

「如果今日之前，長保兒曾經因為犯錯而背負千年魔咒，我和他兩人終其生做盡好事，以贖其罪。蒼天有好生之德，豈不可憐我倆。我不相信小小長保兒有甚麼比山高、比還深的罪孽，因而背負千年之罪。」

雪若默默無言，只能再次撫摸大花狗發發的背部。

「如果雪若姑娘願意一試，我就回去和家父商量，並向劍莊中深諳五行道術之人請益。」展昭見雪若點頭，便說：「既然雪若姑娘同意，我可以先依照古書記載，找個合適的場所，佈置陣圖。再由家父和深諳五行道術之人修正定案，然後慎選一個吉日良時，備妥相關的配備，以利為雪若姑娘送行。」

「寶劍呢？」

「家父已經為我備妥，屆時去取用即可。」

雪若仍然有些顧慮：「如此珍貴的寶劍，萬一有所折損，令尊不會生氣嗎？」

「當然不會，妳小看了家父的風範。」展昭露出驕傲的笑容，說：「家父甚至沒有問我為甚麼要使用寶劍，就一口答應。」

「對不起。」雪若一聽展昭這麼說，趕緊站起來彎腰道歉。展昭也站起來回禮。

兩人坐定，黑子說：「有關送別的文章，就由我負責好了。」

雪若搶先說聲謝謝之後，展昭接著說：「提筆對我而言，舉輕若重，只好有勞黑少爺。」

「舉手之勞，不足以掛齒。」

「如此慎重，我真的不知道怎麼感謝你們。」

「對了，展少俠。當中最重要的……。」

「你是說『送行者』嗎？」

「是。」

「不必掛慮，我心中自有最佳人選。」

「那我們就各自散去，雪若姑娘就好好休息。如今萬事皆備，只待東風一來，我們就送妳回家，再享天倫之樂。」

雪若言謝之後，目送兩人離開，低頭沉思。她感覺心頭特別篤定，腹中的能言石似乎在跟她說，每個時代有每個的觀念和做法，展昭提議的五行道術絕對可以將她送回家，和多日不見的父親共享天倫。

殊不知一波未平、一波再起。

第十一章　流花河畔

匆匆又過了數天，包家村重建粗略完成，包山夫婦和大部分的家丁村民陸陸續續回包家村。黑子和長保兒因為雪若的關係暫時還留在黃金劍莊，和展昭準備雪若回家的計畫。其中一項是配合五行運轉，必須物色一名「送行者」。

千挑萬選，展昭的堂哥展瞳雀屏中選。

雪若最初看到展瞳，還以為他是女扮男裝。雖然經過觀察確定，有時候還會想入非非。展瞳有個習慣，那就是雙手時而握緊，時而張開。那雙不屬於男人的手，細嫩雪白，亮著光的指甲，浮動著詭異的淡紅。一只紅瑪瑙戒指，益發映出他雪白的皮膚，彷彿那裡就是所有血管的終點站，又像是在那裡凝結了血的結晶，然後一點一滴地供輸全身的養分。

展瞳十九歲，是個年輕的秀才，為了應考，投靠黃金劍莊。平時一個人，住在葵花田邊的柴房讀書。不知是嚴守禮數還是其他原因，他的食衣住行都由一個照顧他多年的僕人阿中服侍。對於劍莊女眷，目不斜視，除了因為擔當送行者，因此才和雪若交談，不過還是保持著相當的距離。

展瞳暫時拋下書本，全心全意地配合練習。殊不知在三天之前，竟然不留一言一字，如輕煙般消失在黃金劍莊。

這一天，秋風吹緊、寒雲翻滾。黑子、雪若和長保兒正在葵花田邊，愁眉不展，苦苦等待展瞳的消息。不多時，展昭神情焦慮的出現在三人面前。

他首先道歉，並說明他最近瑣事如麻，無法時常和大家聚會討論。話鋒一轉，他向三人報告：「剛才有巡衛在莊後的流花河發現一具死屍。經過調查，死者正是我的堂哥展瞳。依照劍莊的羅大夫初步認為是不慎落水。不過，他的僕人阿中卻堅持被奸人所害，要求進一步調查。因此，家父正深入調查。」

雪若望著展昭，雖然看了那麼多次，可是每再看一次，總覺一次比一次好看。不過，她很確定自己不會愛上他，不會有甚麼纏綿悱惻、哀艷動人的千年之戀。

「沒想到愈調查，疑點就越來越多。」

「請說！越詳細越好。」黑子氣定神閒。

雪若瞇著眼睛眺望秋天午後的陽光——彷彿有個人狠狠地丟去一袋番茄醬，在顯得低迷昏沈的山邊天，爆出了一灘污紅。部分陽光奮力地在雲層下張出一把淡金色的扇子，大部分滴滴答答地落入湖心。雖然還是秋天，不過走到這裡，冬天的氣息突然濃厚起來。

「經過羅大夫保守估計，展瞳已經在陰間地府住了兩、三天。」

黑子發問：「初步認為是不慎落水，有甚麼因素促使你們做這樣判定？」

展昭回答：「展瞳生前沒有明顯的傷痕，譬如說被打擊、殺傷等。另外，我們勘查流花河的地理型態，並沒有甚麼懸崖峭壁，縱有人想偷襲，也不容易將展瞳推入河中，因為有河岸和淺灘。展瞳不但會掙扎，也會抵抗打鬥。對了，阿中表示他家少爺深諳水性，何況陳屍之處，附近的河水都很淺。」

「那麼……如果先用迷魂藥將死者迷倒，再丟入河中，是否有此可能？」

「有此可能。羅大夫掰開展瞳的嘴巴，發現溺死之屍體的咽頭、喉頭和氣管都有泡沫。如果奸人使用迷魂湯或迷魂丹，可能可以尋出蛛絲馬跡。但是，如果使用迷魂香，那就無能為力了。但是我們發現了水絲草……」。

少女雪若曾經在吳雲醫師的微生物實驗室「遊戲」過，又被能言石「調教」過，一下子就弄懂展昭所說的水絲草，也就是plankton，意指水中微生物，例如矽藻之類。現代法醫通常會將溺死之人的肺部，做切片在顯微鏡底下觀察，或是用離心沈澱法來檢查。如果肺部的plankton是水內的二至十三倍，並且分佈均勻，則表示生前落水，否則是死後落水。但是想歸想，無法應用在目前的情況。

「展瞳的鼻腔有發現水絲草。那麼品種一致嗎？在氣管之間分佈均勻嗎？」少女雪若看展昭一臉茫然，自覺孟浪，起身站起來，慢慢往窗邊行走。

黑子若有所思地望著少女雪若的背影，再望望展昭，問道：「屍體有沒有被尖石或類似銳器的水中漂流物所挫傷？還有，是否發現被魚類嚙食的痕跡？」

「如果要分別生前傷和死後傷的話，應該屬於後者。還有雪若姑娘提出的問題，我會好好請教羅大夫。」展昭拍拍手，說：「那我先回去了！你們也要好好休息一下。我會吩咐廚娘特別為你們準備一桌好菜。剛剛，我看她殺了一條黃魚……。」

一直沒有說話的長保兒終於逮到機會說話了：「那一定是紅燒黃魚了。也許她現在正把薑絲、蒜頭和蔥段丟入滾滾的油鍋裡爆香。嗯哼！我似乎可嗅到那迷人的香氣。兩面煎黃煎脆的魚放入佐料醬裡面，用小火徐徐地燜煮……。」

少女雪若一直都不喜歡吃魚，但是從來不知道真正的原因。直到認識能言石，才了解人類對於食物的好惡，來自美好的記憶或醜陋的記憶。

且說她還是五、六歲時，媽媽罹患癌症，不但把爸爸搞得焦頭爛額、舉債過日，還弄的家庭破碎，讓她一個小女孩在街頭亂逛。雖然他們父女不受附近人們的歡迎，但是人間還是有溫情。其中有個鄰居在魚市場工作，所以常常給他們一些剩魚，有好有壞。所以，他們天天吃魚，吃到雪若很害怕。記得好幾次，吃到壞魚，魚腥味讓她嘔吐不止，有時會被魚刺刺到。上了小學，雖然老師不斷強調吃魚的好處，雪若還是無法克制對於魚料理的厭惡。有時和親友聚餐，不可拒絕時，不是找機會吐在紙巾中，不然就是勉強吞下，然後趕緊喝水壓住那噁心的感覺。

經過能言石的規勸，雪若有所領悟，對於人事物逐漸不再過度愛恨分明。於是，她嘗試著在美好的環境和美好的人談美好的事物，然後吃著精心烹調的漁產。但是此時此刻，當她聽到長保兒講到怎樣扯下魚頭，怎樣啃著魚下巴，怎樣吸吮著魚眼睛……啊！那種噁心的感覺又來了。

因為送行人死於非命，少女雪若的歸鄉計畫只好無限期延長。經過思量，少女雪若也想開了，積極參與辦案。這回狀況和翠蓮命案不同，一切由黑子和展昭主導，而且她也很想看看宋朝那個時代的命案調查流程。只因為自己一介女流，無法過於招搖，所以都靠長保兒通風報信。

經過黑子的推理分析、展昭的明查暗訪、阿中的提供資料，嫌犯終於出現了。調查結果，竟然是他……。

少女雪若發現黑子對於展曈命喪流花河，總是冷靜篤定地思考，從展昭打聽得到的錯綜複雜的情節脈絡，去尋找和分析殺人的動機、犯罪的手法，並且如何把握住擒兇破案的機會。

依據規定，由於嫌犯陶哥兒是包家村的人，因此理當由包家村大家長包山主持，無奈他人已回包家村，同時重傷未癒、行動不便。退而求其次，找個深諳風俗律法，同時通曉人情世故的長輩審判。找來找去，寧先生自然是不二人選。

寧先生靈機一動，示意展昭請求莊主展金凮，批准自己的得意門生黑子初審陶哥兒。幾日相處，莊主展金凮發現黑子並非等閒之輩，但是顧慮他人懷疑的眼光，他指派身邊的師爺在旁輔導監督。並且言明在先，只是初審，不可將陶哥兒定罪。因為人命關天，不可兒戲。

初審之三日前，少女雪若接到一塊令牌，上面寫著工工整整的宋體字。她受邀參加，除了註明會審目的和時間地點之外，特別交代出席婦女必須有特定的服飾規定。

少女雪若立刻向兔兔兒求助。兔兔兒便不眠不休將一襲莊主夫人的舊衣，修改成一款長度至膝的窄袖衣。少女雪若以她個人的時尚審美觀，要求兔兔兒在領襟上加兩條繡著牡丹的邊飾。一般的翻領是三角形的，她偏偏改成橢圓形。至於必備的帔帛、繫綬和繁複的連環結，一律取消。由於宋朝婦女偏愛奇裝異服，所以大家也就見怪不怪了。那一襲獨特的服裝自然引起眾家女眷的注意，並且引起一股潮流。不但民間，連皇家後宮的嬪妃都紛紛效尤。當然，這是後話。

會審的大廳外，擠滿了看熱鬧的人。大廳內則安排著包家村和黃金劍莊中有頭有臉的長者。莊主展金凮和莊主夫人呂玉露也列席參加，盛裝出席的少女雪若和兔兔兒則被安排坐在最角落。少女雪若一想到自己竟然能夠目睹包青天的第一次辦案，興奮得幾乎全身發抖。

陶哥兒被兩名家丁押解上來。他穿著玄色的筒袖襦，窄管的半截褲，赤著雙腳，好不悽慘。雖然如此，依然掩不住他天生俱來的俊秀飄逸。

少女雪若只耳聞陶哥兒的美貌，如今親眼目睹他那張宛如韓劇偶像明星的面孔，還有武俠小說中所形容的面如冠玉、齒白脣紅。可惜雙眸非但不再朗若明星，當師爺高喊「升堂」，陶哥兒的視線茫然、毫無目的地浮遊，宛如盲人。但是少女雪若有種恍惚的錯覺，這個陶哥兒不是長大成人的小興子嗎？

由於這是按照家規形式的清理門戶，並非私設刑堂，所以沒有么喝「威武」，或拍打驚堂木等威嚇犯人的動作。黑子確認陶哥兒身分後，宣讀會議和流程。只見小小人兒，面如墨玉，雙眸星閃，襯托那道月痕更是氣勢不凡。說話念詞，鏗鏘有力，聽得眾人嘖嘖稱奇，無不佩服地五體投地。

前言略過，黑子以柔和而堅定的聲調，問道：「死者展瞳在九日之前被人發現浮屍在流花河。但是，他的隨身僕人阿中稟報少莊主，他家少爺在十日之前的晚間戌時外出，曾講過要來找你。有沒有這回事？」

陶哥兒點頭，同時表示這一切都向少莊主報備過，而且有筆錄。

黑子看了筆錄，頭也不抬地再問：「展瞳離開你的住處時，是否有人目證？」

「他離開時，已經深夜了。關於大人的問話，我不知怎樣回答，因為並沒有送他出門。」

「他自行離去嗎？」

陶哥兒勉為其難地點頭之後，就閉口不言。

「展瞳為何去找你？目的何在？」陶哥兒依然閉口不言，黑子繼續問：「展瞳一離開你，就去流花河，而且已經是三更半夜。這段時間，你們有沒有發生口角，或是他透露一些厭世的想法。」

陶哥兒依然不言，但是搖頭否認。

「沒有？所以你認為展瞳是不慎落水。」陶哥兒繼續保持沉默，黑子語氣逐漸嚴厲起來，問：「你沒有意見，難道你認為是他殺，有人殺死他嗎？」

「我沒有這樣說。」陶哥兒的臉忽然紅起來。

黑子再看一次已經不知研讀多少遍有關展瞳溺死的描寫——屍體冰冷，屍體呈鮮紅色，皮膚有顯著的雞皮，手掌面及足蹠面的皮膚膨脹，形成白色皺襞。

少女雪若暗中嘆了一聲，古人真是憨直。陶哥兒的生理反應隨著黑子的問話而迅速呈現更多不安的情緒。少女雪若曾經是……不對，應該說將來的曾經，這時態的文法有點怪。總之，透過能言石，少女雪若總是企圖窺視別人的人生經驗或不同的視點和幻想，感受之後、再啟發自己的想法。如今親眼看古人辦案，就像是一張透明的薄紗，網住她的面孔。不同的情節就像透過不同的顏色，帶領她進入一個或水藍、或淡紫、或粉紅、或墨綠、或……奇異的夢境。想得失神的少女雪若發現自己錯過許多黑子精彩的詢問內容，立刻凝神專心聆聽。

「你很可能是殺人的真凶，除了被認定是最後一個和展瞳相處的人以外，還有少莊主所得知的殺人動機。不過，暫且不提那些片面之詞。今天，少莊主拿了你的畫像，沿著流花河去問人。其中一名在河邊種菜的老人，證實畫像中的你曾經來河邊裝水。地點正是在鯉魚口，至於為甚麼選擇在鯉魚口，待會再細說原由。」

黑子的聲調仍然平穩，但是速度不由得加快起來：「你為甚麼去取水，流花河的水不宜洗滌，也不宜飲用，到底為甚麼捨近求遠去取水？我現在問你，你也不會回答。好！我再告訴你一件事，依據管理花園的老祥出面作證，你在半個月以前，向他討教水絲草的型態和相關知識。也許你在設計命案時，就考慮到水絲草在仵作檢驗過程的重要性。」

陶哥兒忽然摀住了自己的眼睛，淚水從指縫留下來。

「流花河的鯉魚口是一灘死水，水絲草聚集最多。我推論你將從流花河的鯉魚口取來的水，放入木桶之中，然後乘機將展瞳溺死。這麼一來，展瞳的呼吸道就存在和流花河同樣生態的細沙、藻類及微生物，造成死亡的第一現場就是流花河的錯覺。然後，你再開始移屍的行動。」

陶哥兒摀住一雙淚眼，形狀姣好的嘴唇激烈地抖動。

「溺死者死亡後，立刻沈到水底，待屍體腐敗膨脹後，再由原處浮起，一般而言是一兩天至十幾天。但是羅大夫再仔細判定死者已經有三天以上的死亡時間，這和流動的河水又違背了。為甚麼呢？如果三天前溺死，依照目前季節的水溫，最多一、兩天浮起，那為甚麼又延後一、兩天才被人發現？所以，屍體在你的家中多待了一、兩天吧！」

少女雪若不知道黑子是否有所根據，還是單純從心理學去對犯人施壓。總之，陶哥兒終於忍不住地大聲哭出來，沒有跪地求饒，倒是很有骨氣地伏首認罪。

原來黑子是礙於陶哥兒雙親的顏面，所以不提陶哥兒害死展瞳的動機。

原來落難到黃金劍莊的陶哥兒和投親到黃金劍莊的展瞳相識之後，逐漸開始了那種「不能被陽光看見的遊戲」。陶哥兒不了解展瞳的心理，卻很清楚知道自己在做甚麼。他像是被滿屋子華麗而妖異的氣氛所吸引的人，這裡碰碰、那裡摸摸。尤其是翠蓮慘遭不測之後，空虛和寂寞讓他不知不覺接受了展瞳的愛情。但是當好奇和激情的渦流很快地不再旋轉，尤其是當他的雙親對於他和展瞳的親密行為有所猜疑。他驚覺自己身處陰濕的地牢，佈滿了情慾的蜘蛛網和淫亂的灰塵，抬頭看到那一角方窗，窗外是雪霽天晴，蠟梅飄香，還有那喚起對春之記憶的暖暖陽光。

人性在陰濕之中，最容易腐臭敗壞。所以展瞳聽到陶哥兒提出分手的要求時，只說了一句話——只要你離開我，我就公佈我們之間的關係。就是這句話讓陶哥兒認為自己已經被迫躺在釘床上，而背部傳遞出來的痛楚化成了奇妙的煙。煙彌漫了眼睛以及……心靈。

於是，陶哥兒有了某種程度的頓悟，同時認定自己該有所對應之道，以神不知、鬼不覺的巧妙手法，謀殺了展瞳。殊不知，遇到了智慧超人的黑子。啷噹入獄之前，成就了少年包青天生命中第一宗不為後人所知的案件。

少年包青天從少女雪若身上，學習運用了一種科學推理的方式。一種私密推理的探討，一種聆聽者自我再次分析的探討。這種探討或許是猜出犯罪者隱晦的心理層面、或許是衍發另類的想像，或許連少年包青天本人也不知道。

少女雪若走出會場，迎面吹來一陣風，不由自主地閉上雙眼，深深地吸了一口空氣。當再次睜開眼，望見排列在天空中，有一朵潔白如雪的棉花雲。她感覺出風有風的自由，雲有雲的溫柔。更感觸到若有情緣，風生雲起，相知相惜。情盡緣了，雲淡風輕，各奔前程。何必弄了個風雲變色，兩敗俱傷。她終於體會出吳雲醫師曾經對於愛情的分析：「如果愛是信仰，感性的，容易受傷。如果愛是了解，理性的，容易傷人。先後順序如何，見仁見智。兩者比例多少，各有千秋。保守內向的人認為只要心中有愛，其他何必多言。熱情積極的人說：你要大聲讚美對方。自以為更高層次的人說：你要為對方無私的奉獻，你要這樣、你要那樣。以前的人偏向前者，被批不合時宜，『愛』不說出來是不對嗎？縱然你為對方燒了一輩子飯。」

「信仰和了解，從無限小到無限大，找到那個點必然是永生的課業吧！」少女雪若霎那間有所頓悟。

雖然沒有送行者，但是既定的歸程迫在眉梢，只好由長保兒代勞。

月上柳梢頭，人約黃昏後。換上白衣的長保兒依照時辰帶著穿著一身白衣的少女雪若來到佛手崖。

佛手崖是塊凸出的山崖，只因懸空長出五棵老柏樹，遠遠一望，宛如一隻張開五指的手掌。這佛手崖原本是莊主展金風夫妻練劍之處，後來發現展昭天資聰穎，對於武藝更有領悟，所以就讓給他使用。

少女雪若雖然沒有懼高症，但是居高臨下、四處空曠，加上寒風颼颼，禁不住慢慢產生畏懼感。幸好跟隨在後的大花狗發發陪著她，嗚嗚的聲音似乎在安慰著她，加上感覺腹中的能言石也似乎適時地給予她能量。

「雪若姑娘，妳來了。」等待多時的展昭招呼著少女雪若，同時遞給她一只香包，說：「五覺之中的香覺，請掛上。」

少女雪若掛上香包，注意到平常都是穿著黃衣的展昭，為了配合五色，脫去黃衣，換上一襲白色勁裝，顯得格外英氣逼人。

「謝謝。」濃郁的香氣，讓少女雪若思鄉之情溢發濃烈。

「讓我跟妳說明今晚的流程。」

「好。」

少女雪若看見一身白色公服的黑子正在擺設壇位。走近一看，曲領大袖，腰間束著革帶的公服，上面織著配合五獸、五畜和五蟲，也就是白虎、錦雞和毛蟲的錦紋。祭壇上面擺飾著五果中的桃、五穀中的粟、五菜中的蔥、五經中的書經。最中間放的是五材中的金，也就是黃金劍莊的鎮莊寶劍「金風玉露」。雖然包裹在厚厚的白色錦囊之中，還是透出一股光芒。雪若覺得那不是殺氣，而是一種溫暖的顏色，一種正面的力量，和腹中的能言石互相對應。

「這是最簡單的八卦陣。」展昭指著地上的石頭，說：「等到時辰一到，也就是太陽剛下山開始，妳就雙手捧著寶劍從『生門』入陣，背著太陽往西南方走，由『死門』出陣。再由正北方的『開門』進入，往西方走，停在『兌象』。抽出寶劍，指向太白金星。若有異象產生，以左手的無名指按著鼻心，虔誠的懇求蒼天保佑。」

西天開始昏黃，一輪紅日一點一點地沉入對面的山巔。黑子開始朗讀，當少女雪若開始入陣，聽到長保兒低聲怒斥。她低頭一看，發現大花狗發發竟然跟著她進入八卦陣。沒辦法了！只好隨牠去，所幸大花狗發發只是跟著，沒有搞破壞。

黑子開始念文，長保兒趕緊遞給雪若一只辣椒。少女雪若立刻放入口中咬碎，一股辛辣，直衝腦門。她忍住淚水，卻用力逼出一點鼻涕。這番折磨也是配合五覺中的「辛」和五液中的「涕」。

由於需要配合五聲、五音，黑子以悲聲哭腔念出送行文。所謂悲聲哭喊是為了五聲中的「哭聲」和五音中的「商音」，大致相當於西洋音樂簡譜上的re。

當朗誦聲到達最高潮……金風吹兮，夢魂莫回頭；玉露滴兮，雪若歸故鄉。也正是少女雪若念到成數為九，她抽出寶劍，指向太白金星時，劍尖射出一道金光。

此時，就在夕陽沉沒的山巔，忽然湧起一團金色的雲霧。那金色的雲霧越抽越細長，然後在天空中和寶劍的劍光交叉成一點。就在交叉成一點時，一股強大的力量，把少女雪若往上面拉。

就在少女雪若雙腳一離地面，耳邊清清楚楚地傳來腹中的能言石的聲音，說：「帶走發發。」

她出於本能地一翻身，頭下腳上，丟下寶劍，雙手抱住大花狗發發，然後騰空而去。

黑子等三人望著天空中的雪若和大花狗發發越來越小，直到看不見。他們知道，這位來自千年之後的友人已經破除千年魔咒，回到她原來的地方了。

第十二章　回首天涯

好像經過很久，又好像才一瞬間，閉著雙眼的少女雪若緊緊抱住懷中的大花狗發發，陣陣天旋地轉之後，自己似乎在雲霧中漂浮。周遭安安靜靜，有一種不知何去何從的茫然和迷失感。少女雪若直覺自己的肉體是虛無，然而靈氣反而益發真實清明，難道這就是鬼魅魂魄嗎？

她想起第一次有機會回家，當時天崩地裂、雷電交加，天空裂出一個大洞，滾滾的雲霧形成了一道階梯，她以小狗的樣子沿著雲霧形成的階梯往上爬，爬到頂點的時候，另一端是一道往下方延伸的雲梯，遠遠就是甜蜜的家和朝思暮想的小花圃，花兒、老榕樹和爸爸正在向她招手。但是，隱隱約約在雲霧中的狗臉人提出去留的問題，讓她在思考後，決定留下來。

第二次是發生在混亂的火災現場，小狗雪若從現實跑入虛幻中。眼前的土地裂開來，變成萬丈深淵。她抬頭一看，對岸正是想念的小花圃、老榕樹、還有正在澆花的自己——少女雪若。就在這一瞬間，狗臉人再次現身。不是隱身在雲霧朦朧裡，而是一身宋朝將軍的打扮。他表示他能夠帶小狗雪若回家，不過依舊如第一次地提出問題。雪若再三思考之後，還是決定要留在遠古的時空裡。

少女雪若現在想起來，不管是雲霧中若隱若現的狗臉人，或是站在橋上、輪廓鮮明的狗臉將軍，他們的原身不就是大花狗發發嗎？想到這裡，赫然發現不知道甚麼時候，自己又變回小狗雪若，正被穿著白襯衫、黑色西裝褲的狗臉人緊緊抱在懷中。

小狗雪若感覺自己和狗臉人好像是電腦螢幕上的小小指標，被一隻按著滑鼠的大手所控制，不停地游移、尋找。連時空背景也不斷地轉換，以她的知識和常識判斷，她們正在穿越時空，因為她在混亂的影像中，瞥見模模糊糊的三山五嶽、迷迷濛濛的長江黃河、悠悠惚惚的荒漠長城。然後隨著思緒，眼前的景象越來越清晰。佇立不動的狗臉人和小狗雪若，任時空從宋朝的錦屏山，經過明朝的「殘山夢最真，舊境丟難掉」的秦淮河畔，再經過清朝的「四面荷花三面柳，一城山色半城湖」的大明湖，然後還有……終於看到臺灣的玉山、太魯閣、美麗的東海岸。小狗雪若想起了齊柏林、想起了那部爸爸帶她去觀賞的《看見臺灣》。

難道自己再以小狗之身回家嗎？怎麼會這樣？只見狗臉人右手往前，不斷摸索，好像是個試圖弄清楚方向的盲人。

小狗雪若心中雖然疑惑害怕，但是腹中感覺到一股暖流，好像是能言石正在表達它的鼓勵和安撫。於是把自己的身心安頓下來，再度閉上雙眼，安安靜靜地躺在狗臉人的懷中。

回想遇見少年包青天之前，她常常帶著能言石和小狗勾勾去公園散步。每次看著腳下的樹根、落葉和野草，便會想像自己在天空，下望渺小的山脈和森林。吳雲醫師鼓勵她想像，他說距離的美來自想像，想像除了天生自然成就之外，就是依據經驗和學習。後來她每次澆水，就會聽見花兒發出不知是嘆息還是歡喜的聲音。澆水時會有一些蟲子從土裡竄出來，四處奔跑。對於它們，她想像自己是可怕的哥吉拉，或是水漫金山寺的白娘娘。

終於，狗臉人低下頭，對懷中的小狗雪若笑著說：「找到空間和時間的定位點了，我們回家吧！雪若。」

當小狗雪若睜開雙眼，她們已經雙雙融入眼前不斷變化的影像中的一格。經過短暫的黑暗，小狗雪若的眼前一亮，已經回到熟悉的家中客廳，一眼就看見掛在牆壁上的那幅古畫。畫中人兒，栩栩如生。她來不及細看，就被狗臉人放在地上。

小狗雪若抬頭一看，曾幾何時，抱著自己的狗臉人竟然變成一個眉清目秀的英俊大男孩。他還是身穿白襯衫、黑色西裝褲，讓小狗雪若更確定身邊的大男孩就是抱著她穿越時空歸來的狗臉人。抹去狗臉，現出人面的他看起來，有點眼熟，但一時想不起來是誰。

這時候，有三個大人帶了一個小男孩進來，那個小男孩正是穿著現代服裝的長保兒。除了小男孩，所有大人都坐下來。

小狗雪若糊塗了，這到底是怎麼一回事？那三個人是雪若的爸爸、吳雲醫師、還有一個胖胖的婦人。小狗雪若認識她，她是附近孤兒院的保母阿桂姨。

小狗雪若一看到爸爸，迫不及待地跑到爸爸的腳邊，輕聲地叫著，同時磨蹭著爸爸的腳。爸爸不理腳邊的小狗雪若，首先跟大男孩打招呼：「發發！」

「是。」大男孩答禮，笑著和小男孩擠眉弄眼。

「勾勾從小就由孤兒院的阿桂姨帶大。阿桂不知道勾勾有一個親哥哥，所以我們大家也都不知道。」爸爸把站在阿桂姨身旁的小男孩，往前輕輕一推，說：「我們決定今天要讓勾勾知道真相！換句話說，讓你們兄弟相認。」

小狗雪若疑惑地看著不遠處的小男孩，他也叫勾勾，那我的小狗勾勾呢？難道長保兒也跟著回到現在的時空嗎？這到底是怎麼一回事呢？

爸爸講到一個段落，就示意由阿桂姨接下去說。

「心肝啊，吾給恁講，伊就是……」阿桂姨伸手搭住小男孩的肩膀，說話的聲音有些瘖啞，細小的眼睛又紅又腫，顯然是流過大量的淚水！

「勾勾過來！」大男孩打斷阿桂姨，開口說道。

「也好，該是相認的時陣。只是……講話千萬要有分寸。」阿桂姨擔心的眼神，讓小男孩萎縮起身子，也讓小狗雪若感覺到有大事要發生。

「吾知影，大家就惦惦聽，乎吾家己甲伊講幾割話。不管如何，伊已經讀了幾年冊，應該了解轉來變去的身世。」或許是受到阿桂姨的影響，大男孩從一口標準的國語轉換成十分輪轉的臺語。這樣的語氣，聽起來有種令人感到心酸的溫柔。

「實在是……。」阿桂姨用手巾揉擦雙眼，挺起肥胖的身體，溫柔地抱住小男孩，用抽泣的聲音說：「不論如何，恁永遠是阿桂姨的心肝肉、寶貝肉，恁一定要記在心肝裡。」。

「吾是恁的阿兄。」大男孩雖然特意將聲音表情修飾成和顏悅色，小男孩依然緊張。

「在恁真細漢的時陣，老厝內面發生一件大事，阿爸偕阿母因為乎火災燒死，只留下恁吾倆兄弟。因為恁還幼嫩，就暫時被送去親戚家寄養。」大男孩為了準確表達語意，不知不覺把臺語換成國語。

「我被安排去臺北當學徒，後來跟著師傅去大陸。回來臺灣後，發現那位收養你的親戚搬家，就失去了聯絡。我每年暑假都到阿叔的花圃來打工，每個暑假都和你、還有這條小狗一起玩。但是，唉！如果前幾天，我沒有看見你夾在日記中的照片，我連想都沒想到你是我的親弟弟。」

爸爸和阿桂姨都搖頭感嘆命運捉弄人，如果能夠讓發發早一天發現照片，兩兄弟不就可以早一點相認了嗎？

「阿桂姨有交代、那一張照片千萬不可以遺失。」

不理會滿臉茫然的小男孩，大男孩露出懷念的神情，幽幽地說：「那個時候，阿爸和阿母還年輕。你大概是滿週歲，我正好是你現在的年紀，當時讀國民學校三年級。」

「你真是我的親哥哥？」小男孩天真的問，同時認真地打量對方，原來的緊張和忐忑不安的樣子正點點滴滴地消失。

當那個名叫發發的大男孩正向名叫勾勾的小男孩，訴說往事的時候，小狗雪若判斷自己穿越時空歸來的空間正確無誤，時間卻是不對，應該是晚了一點，也就是說比當時穿越的時間往後拉。

由於時間的誤差，所以雪若還是小狗的模樣。以此類推，如果自己無法正確地回到原來的時空，那麼，自己永遠是一條小狗，就像是受了千年魔咒的長保兒。

難道當時的長保兒也和自己一樣，在某個交叉的時間或空間之下，因為錯誤因而永生永世為狗嗎？這就是所謂的千年魔咒嗎？並不是長保兒做了甚麼違背天意的事情，而是能言石的算計錯誤。

但是，這次的穿越時空並非能言石所為，而是藉由黑子和展昭想出來的『太極之氣』和『五行之道』。到底是哪裡出了差錯呢？這個時候，小狗雪若感覺到來自腹中滾滾的寒流已經增強到極致，宛如冰刀般切割著五臟六腑。巨大的刺痛，讓她禁不住大聲哀嚎起來。在失去意識之前，她看見吳雲醫師迅速走過來。

當雪若醒過來，感覺頭痛欲裂。身體不由得抽搐起來。她的耳朵傳來吳雲醫師的聲音。

「喔！太好了，令嬡醒過來了。」

「謝天謝地，謝謝你。吳雲醫師。」

「那裡。等令嬡完全醒過來，你盡量跟她說話。說她熟悉的事情，如果她忘記了，或是不很清楚，你要耐心解釋。口氣要溫和，不要大驚小怪，情緒要淡定，表情盡量保持微笑。我會在一旁觀察紀錄，必要時會介入。」

「好，沒問題。現在開始嗎？」

「是。」

「雪若、雪若。我是爸爸，妳有聽到爸爸的聲音嗎？」

雪若努力的睜開眼睛，一看到爸爸的臉，頭痛似乎減輕不少。

「雪若，妳還好嗎？感覺怎麼樣？」

「頭有點痛，感覺暈暈的。」雪若眼睛轉來轉去，除了父親之外，還有好久不見的吳雲醫師。吳雲醫師和記憶中一樣，黝黑的笑臉，黑白分明的眼睛閃爍著溫柔和智慧的光芒。雪若看著他，忽然想起另一個時空的黑白雙心魔。自己躺在病床，身體繞著很多管線，連到旁邊的一臺看起來很複雜的儀器。

「雪若，妳還好嗎？除了頭痛頭暈之外，身體還有甚麼地方不舒服嗎？」

「肚子有點麻麻痛痛。」

「那是因為……。」爸爸轉過去看吳雲醫師，後者點一下頭。

「那是因為妳的肚子裡面結石。所以吳醫師替妳手術，副作用讓妳感覺不舒服。」

「結石？」乍聽之下，雪若立刻清醒。

「當妳昏倒後，被送來醫院治療。可是一直找不出昏迷的原因，後來吳雲醫師發現，妳的腹部有個小小的結石，診斷可能是造成妳昏迷的原因。經過評估，決定用超音波震碎妳身體中那一顆結石。」

雪若驚嚇得說不出話，想不到能言石竟然落了個碎屍萬段的下場。

「但是，後來發現那顆結石不見了。依據吳雲醫師的判斷，可能是結石自行液化消失。不過，還是做了微手術，一探究竟。」

雪若猜想，難道能言石知道自己再度違背天意，為了不再重蹈覆轍，迫使自己像長保兒生生世世為狗，能言石用一種自我了斷的方式。換句話說，就是把所有的責任攬在自己身上，趕在時空轉換定位的誤差容許之內，神不知、鬼不覺地將移前的時間拉回正確的位置。如果，時間誤差過大，一切就來不及了。沒有了能言石，穿越時空的證據也不見了。來如春夢、去似朝雲，一切了無痕跡。

爸爸眼見雪若的表情呈現恍神、呆滯，立刻抓住她的手，迫切追問：「雪若，妳想不想見見勾勾呢？」

雪若打起精神，強顏歡笑地回答：「我一直和牠在一起，牠很好。」
爸爸轉過頭去看吳雲醫師，面露不安和迷惑。吳雲醫師點點頭，爸爸接著說：「勾勾今天要上課。等他下課，我再帶他來看妳。」
「勾勾要上學？」此時，換成雪若面露不安和迷惑。
「如果勾勾知道姐姐醒過來，他會非常高興。」
「他上甚麼學？」
爸爸似乎不知道如何回答，只好再轉過頭去看吳雲醫師。後者搖一下頭，慢慢走過來，彎下腰來對雪若說：「勾勾要去學校念書啊！」
「小狗要去學校念書？你們要讓勾勾接受訓練當導盲犬嗎？」
「雪若，妳終於醒過來。在睡夢中，妳一直把自己當成勾勾。」吳雲醫師笑著說：「妳是不是像愛麗絲一樣去一個奇妙的地方冒險？」
「是。」面對吳雲醫師，雪若老實的回答。
「好，你現在開始跟我講講勾勾的故事，或是你的冒險故事，好嗎？」
「我把自己當成勾勾嗎？勾勾是我們家的小狗。」雪若把曾經在老榕樹底下的洞穴發現勾勾告訴吳雲醫師，同時要求爸爸證實。可是，爸爸面上原有的不安和疑惑越來越濃、越來越沉重。
當雪若一開始說話，感覺不但體力恢復，頭也不痛，意識也逐漸清晰。因此，她開始有所警覺，就把一切的經過推託是夢中經歷，也就是少女雪若夢遊記。她簡略陳述自己在古代的小村落，遇見了一些有趣的人，經歷了一些有趣的事情。

吳雲醫師靜靜聆聽，直到雪若的故事結束。

「我怎麼生病入院的？吳雲醫師。」

「妳忘記了嗎？」

「我忘記了。」

「嗯。」吳雲醫師的注意力顯然被儀器的螢幕和數字顯示吸引過去。

爸爸就代替回答，說：「九天前，我不在家。勾勾發現妳昏倒在客廳。他很機智地立刻去找人幫忙，及時將妳送到醫院救治。可能是妳自己不小心撞擊到掛在客廳的古畫，然後昏倒在地。」

「我好像有點想起來。」她情不自禁摸摸自己的腹部，無法確認能言石的殘留物或遺跡、或是精神、或是能量是否還與她同在，接著說：「我已經好了，應該可以回家了。」

吳雲醫師搖搖頭，輕聲說道：「恐怕還不可以。我們還要做一些檢查確認妳的生理和心理都完全沒有問題。所以，必須留院觀察。」

爸爸提醒雪若說：「還有，妳好像把勾勾記錯了。」

「嗯，是嗎？」

「吳雲醫師說妳在這九天裡，清醒兩次。第一次妳體溫下降，第二次是發高燒。兩次都胡言亂語，無法正常溝通。」爸爸嚴肅地說：「從電腦掃描，發現腦部的海馬體嚴重受傷。」

第一次體溫下降，自己正在淒風苦雨中找到回家的階梯。第二次發高燒，自己正在山林火災中奔跑，差點闖入時空交錯的入口。第三次，終於成功回家了。

「所以，乖乖待在醫院。如果真的痊癒了，我們再回家吧。」

「那花圃的花兒怎麼了？」

「這個妳不要擔心，我不久前，請了一個工讀生來幫忙。他的名字叫發發，很勤勞，只是不太愛說話。我要他幫我來醫院看妳，恰好都是遇到妳略為清醒的時候。妳在昏迷中和他說了很多話，聽吳醫師說，他幫了很多忙。」

「發發？不是大花狗發發嗎？」雪若不由得皺起眉頭。但是恍恍惚惚中，發發好像是小男孩勾勾的哥哥。啊！這是將來的事。總之，腦子又開始混亂。

「妳撞牆受傷之後，從種種跡象顯示妳可能得了暫時性失憶症或類似輕度記憶錯亂的症狀。我聽從吳雲醫師的建議，帶來勾勾的日記，幫妳恢復記憶。」爸爸從他的皮包拿出一本簿子，說：「這是勾勾的日記，妳有空就看看，不要累了自己。」

「好。」雪若接過來，放在枕頭邊。

「那我先離開，妳好好休息。」

閉上雙眼的雪若聽到爸爸和吳雲醫師離開的腳步聲，只剩下那臺儀器運作的聲響。她靜靜地回想過去所發生的事情，還有所遇見的每一個人。她知道她回來了，但是她的任務還沒確定是否完成，尤其是那一道千年魔咒。她想起少年包青天說過的話，著急的心情稍稍鬆懈下來。

沒錯，有的是時間，這個謎已經過了一千多年，不急著一時。真正讓她擔心的是消失在自己體內的能言石，還有解讀她心中祕密的吳雲醫師和身邊的這一臺機器。因為萬一被發現了甚麼，自己不是被判定精神異常，就是像電影情節，被抓去甚麼科學院研究。幾番思量，她想出一個方法，那就是兩次醒過來所說的胡言亂語轉成胡思亂想，也就是自己的幻想和接二連三的迷離夢境。

心念既定，雪若把病床調到一個適合的角度，然後翻開勾勾的日記。

第一頁也就是勾勾寫日記的第一天。由於雪若多多少少還保留一些能言石的能力，所以，雖然勾勾只是寫了幾行簡單的字句，還有歪歪扭扭、鬼畫符似的筆跡。然而浮現在她腦海中的，卻是非常完整忠實的紀錄和畫面。

「我今天的寒假作業早就做完了，可是雪若姐姐還要我寫參考書裡的算術，唐詩三百首，還規定從今天起，每天寫日記。對了，我先寫日記好了，於是我抽出她送給我的日記簿。嗯！寫甚麼呢？和臭皮、假仙、大象他們去玩『大魔王』，不能寫，讓姐姐知道了，還得了。我不覺抬頭望向窗外。一片漆黑，看不見操場，看不見教室，只有遠處幾盞燈光，隱隱約約，彷彿疲倦的眼睛。頭一低，可看到薄薄一片的月光，像塊釘在黑木板上的白鐵皮，隨時會掉下來似地。我今天暫時寫到這裡，我想雪若姐姐會原諒我。」

雪若沒耐心地翻了幾頁，找到關鍵的那一天，勾勾這樣寫著：

「雪若姐姐是附近花圃的百花仙子，常常來我們孤兒院幫忙，算是我們的小老師。我們住在學校的宿舍裡。宿舍前有好幾排七里香，當成宿舍間的籬笆。夏天時，開著白色的小花，碎碎地笑著，可是午夜之後，那濃郁的香味，就大膽地飄過來，那香味加上點點螢火蟲，在黑黑的夏夜，是神祕的夢魘，使我無端地害怕，覺得黑黑的夏夜裡，有一些我不知道的可怕的事將在我身邊發生。

我好喜歡窗前的大榕樹，雖然院長總是嚷著要砍掉它，因為掉落滿地的榕葉，掃都掃不完，不掃嘛又會長蟲。每個早上，陽光穿過樹枝，穿過窗戶，照到我的臉。當我眼睛一睜，看見榕樹的綠葉及擺動的氣根，我的恐懼就一掃而空，我沒有在黑夜中消失，我又看見了太陽公公的臉。

雪若姐姐說她們家也有一棵大榕樹，我很想看，所以偷偷跑去她們家的花圃。可是一不小心就掉到樹洞裡去，我爬不出來。還好被雪若姊姊發現，她很機智地先給我食物吃。我要求她不要告訴別人，讓我自己先想辦法。後來，我還是被雪若姊姊的爸爸救上來。雖然短短幾小時，我們感覺好像過了好幾天。我從來沒有見過親生的爸爸和媽媽，雪若姐姐說她沒有媽媽。於是雪若姐姐的爸爸就把我當作他的兒子，讓我住到他們家裡。有時候，我覺得自己在雪若姊姊眼中，是一條可愛的小狗。不過很奇怪的事情，我在樹洞裡，聽到一塊石頭對我說話，可能是餓昏了，所以產生幻聽。後來，我才知道那塊石頭是雪若姊姊掉下來的。我猜想那塊石頭是雪若姊姊的幸運石，因為雪若姊姊常常對它說話。」

怎麼這樣？雪若心跳加快，迅速地看了幾頁。依據勾勾大量的描寫，自己似乎把勾勾當作寵物犬般疼愛，善解人意的勾勾也把自己當成小狗般依賴雪若，安慰她失去母愛、寂寞的心靈。讀到這裡，雪若的眼淚一顆一顆地滾下來。

接著下去，雪若大約了解勾勾的身家背景，其中有她曾經幫助勾勾去尋根有關的紀錄。難道這也是促成自己化身小狗，回到過去的動機之一嗎？

勾勾這樣寫著：「阿桂姨給我一張發黃的照片，她說他們就是我的爸爸和媽媽，可是我沒有感覺。」

雪若翻到日記最後面，果然貼著一張照片。泛黃的照片，有一對穿著樸素的中年男女，就像是隨處可見的鄉下人。就是這張照片在多年之後，成為讓勾勾和他的親哥哥相認的證據。這張照片讓雪若彷彿看到老周和阿春的身影在芳草碧連天、古道斜陽外，鮮活地迎面走來。

難道自己在「生病以前」，把小男孩勾勾幻想成小狗勾勾。「生病之中」則把小男孩勾勾幻想成長保兒。是這樣嗎？雪若猛然想起和能言石第一次見面，說到黑白雙心魔時，曾經強調：「我豈止能言、望遠，透過我還可以看見妖怪的原形。」然後自己接腔說：「照妖鏡！不、是照妖石，太厲害了。」對了，一定是這樣，別人看勾勾是個小男孩，而自己透過能言石，勾勾的原形是一隻小狗。

「這幾天，雪若姐姐自言自語越來越嚴重，而且常常看著客廳的古畫發呆。是不是和她那塊掛在脖子上的石頭有關呢？剛才雪若姐姐瞪著我，鎖著眉頭，抖著聲音說：『勾勾，姐姐要變作你的樣子去旅行。』我嗯哼了一聲，趴在桌上胡思亂想。好怪，平時最喜歡寫日記，現在卻一點靈感都沒有，想來想去，不知不覺睡著了。」

雪若再翻一頁，勾勾寫著：

「爸爸今天不在家，剩下我和雪若姐姐兩個人。當我抬頭一看古畫，發現畫裡面的人，一個一個動了起來。平時，我就有在注意，今天最特別，所以我就大聲叫了起來。沒想到雪若姐姐隨後呻吟了幾聲，然後就昏倒在地。我嚇壞了，大聲地喊她，並用力推她，可是雪若姐姐只是不斷地喘息，好嚇人喔！我心急之下，不顧屋外無邊的黑暗，一口氣衝到孤兒院，找到阿桂姨。然後將雪若姊姊生病的情形告訴阿桂姨。她立刻跟著我回家。看到雪若姊姊的情況，阿桂姨立刻找人來幫忙。幾個人七手八腳地把雪若姊姊扶上汽車，送去醫院。阿桂姨要我留在家裡，不要跟去。我站在大榕樹下，看著一群人消失在黑暗中，感到好無助，不知不覺眼淚就流了出來。」

雪若清楚記得當時的狀況，她和能言石趁著爸爸不在家，嘗試如何進入畫中的世界。她繼續讀下去：「雪若姊姊住院了，一直昏迷不醒，爸爸急壞了。我每天都去陪她，不跟臭皮、假仙、大象他們去游泳、爬樹、玩彈珠了。只有晚上才和發發哥哥回家吃飯洗澡。姐姐一生病，發發哥哥是爸爸找來幫忙的工讀生，有一副好心腸。他怕我一個人害怕，每天晚上都和我住在一起，不過每到黑夜來臨時，恐怖的幻想就會緊緊地擁抱著我。」

再下去幾頁，勾勾花很多時間寫發發這個人。

「這些日子以來，發發大哥一直都陪著雪若姊姊。而雪若姊姊的狀況的確也好多了。雖然昏迷，有時候會浮現著淡淡的笑容。發發大哥會做冰棒給我吃，密密麻麻，紅豆很多的那種，而不是那種只有顏色，吸一下顏色沒有了，就變不甜了的冰棒。今天下午，絲絲的陽光沾在雪若姊姊的髮梢，她忽然醒過來對我說：『姊姊沒辦法回家了，要永遠住在勾勾的故鄉，你要好好照顧爸爸喔。』我默然無語，留著眼淚回家。花圃在陽光下好像被摔壞的蛋糕，看不到一朵完整的花，再看看老榕樹，突然感到好寂寞。一片樹葉隨著風兒吹進來，落在地上。我拾起來，夾在書本裡，象徵要封鎖住這一個夏天的夢。我似乎變成一隻小狗，東嗅西嗅，哀傷地尋找我的家。沒有了雪若姊姊，我是流浪的小狗。」

雪若嘆了一口氣，再翻了一頁。勾勾寫著：「我又如往常一般，背著書包到醫院。進了病房，看見三個男孩和一隻大花狗圍繞在雪若姊姊的床邊。他們穿著古裝，其中一個是黑人男孩，額頭上有一道月痕，看起來很兇。當我走過去時，雪若姊姊笑著說：『勾勾，他們是你很久很久以前的朋友，今天特別從很遠的地方來看我們。』第二個男孩子緩緩地向我走過來，他說：『你好，勾勾。』我說：『我不認識你。』他燦爛地一笑，說：『我是長保兒，我很久很久以前就認識勾勾。對了，過幾天我帶你到我們家玩幾天好嗎？』我搖頭說：『不行，雪若姊姊病了，我要陪雪若姊姊。』自稱長保兒的男孩摸摸我的頭說：『好乖的小孩，我們以後再說吧！』第三個小男孩，長得好漂亮。他們喊他小興子，他只是默默地對著我微笑。」

雪若想起被踏花歸去馬蹄香的馬香爺擄走的小興子，又是一陣感嘆，然後繼續讀下去。

「當門口響起吳雲醫師的腳步聲。我趕緊去開門。等我轉過身來，那三個男孩子和那條大花狗已經不知去向，雪若姊姊還是如往常一般昏迷不醒。我沒有把我看見的，告訴任何人，因為沒有人會相信，包括我自己。」

雪若苦笑一聲，繼續讀另外一篇。

「今天下午，我在雪若姊姊的病床邊睡午覺。半睡半醒間，聽到吳雲醫師對爸爸說：檢驗的結果，你也都知道了，雪若的事，我很抱歉。我們只能把死馬當活馬醫，萬一有所閃失，你應該懂我意思吧！你要計畫一下，接下去要怎麼安排。爸爸說：事到如今，只好盡人事、聽天命。我動了一動，揉揉眼睛，他們就不再說話了。」

雪若再翻一頁……。

「每次我去醫院陪雪若姊姊，都會看到那三個男孩和大花狗陪著雪若姐姐說話。只是原先那個長得很漂亮的小男孩不見了，換成一個高大英俊，帶著一把金色寶劍的少年。不知道為什麼，我這一次特別害怕，全身抖個不停。」

「高大英俊，帶著一把金色寶劍的少年。嗯！那他一定是帥哥展昭了。」想到展昭，雪若不由自主地露出微笑。可是仔細一想，不對！他應該不是展昭。除了出身背景與史料記載不符之外，與包青天相遇的時間也不對。雪若仔細一想，初見展昭時，好像是經由大花狗發發的介紹之後，然後自己就一廂情願認定那位黃衣少年俠士就是展昭。想到這裡，雪若也只能輕嘆，然後繼續讀下去。

終於讀到最後一篇了。雪若一看日期，正是昨天。

「今天早上，我發現客廳的古畫出現了一條小小的裂縫。為了預防越裂越大，我拿了膠帶貼上去。因為就在高山樓閣的上方，看起來就像一座寶塔。每當那幅古畫出現問題，雪若姊姊就有甦醒過來的徵兆。第一次是古畫被風吹歪、被雨淋濕。第二次是古畫不小心被火星子燒到。所以，我肯定雪若姊姊今天一定會醒過來。可是我今天要上課，我必須趕快跟發發大哥說，他一定會很開心，因為我知道他很喜歡雪若姊姊。」

雪若闔上勾勾的日記，抬眼望向門口，發現站著一個大男孩和小男孩。她知道他們是誰，早在一千年以前就認識他們了。

小男孩就是長保兒，因為時空誤差，被認為是千年魔咒，所以世世代代為犬，不可輪迴為人。某年某月某日，因緣際會遇見能言石，帶著雪若的靈魂回歸千年魔咒的起源，然後又轉回現代。換句話說，人狗交換，雪若帶著背負千年魔咒的大花狗花花回到現代。就像壞掉的機器帶回原廠修理，然後再帶回來。時空變換，千年魔咒不需破解，因為本來就不是千年魔咒，自然而然消失作用。或許這就是能言石的用意，自己就是那一個「攜帶者」。

大男孩就是大花狗發發，他在雪若三次穿越時空時，化身狗臉人保護她。如今他跟著雪若來到現今的世界，搖身一變，變成了花圃的工讀生。至於其中的轉折變化，或許又是另一段故事。雪若穿越時空回來，時間有所誤差，提早目睹兩兄弟相認的場面，所以眼前的大男孩應該還不知道他和小男孩的關係。

回到現實人間的雪若，若無其事、微笑地迎接大男孩發發和小男孩勾勾。她決定做一個平凡的少女，她不會再提起曾經的穿越時空之旅，不管那些如夢似幻的經歷，甚至有關少年包青天的身世之謎，更不會預言這兩個男孩子將來的命運。目前最重要的是，她要弄清楚自己將來和大男孩發發的發展，不論是友情或愛情。

要冒險06　PG2259

要有光
FIAT LUX

浮雲千山

——能言石傳奇之遇見少年包青天

作　　者　葉　桑
責任編輯　陳慈蓉
圖文排版　周怡辰
封面設計　劉肇昇

出版策劃　要有光
發 行 人　宋政坤
法律顧問　毛國樑　律師
印製發行　秀威資訊科技股份有限公司
114台北市內湖區瑞光路76巷65號1樓
電話：+886-2-2796-3638　傳真：+886-2-2796-1377
http://www.showwe.com.tw
劃撥帳號　19563868　戶名：秀威資訊科技股份有限公司
讀者服務信箱：service@showwe.com.tw
展售門市　國家書店（松江門市）
104台北市中山區松江路209號1樓
電話：+886-2-2518-0207　傳真：+886-2-2518-0778
網路訂購　秀威網路書店：https://store.showwe.tw
國家網路書店：https://www.govbooks.com.tw
總 經 銷　聯合發行股份有限公司
231新北市新店區寶橋路235巷6弄6號4F
電話：+886-2-2917-8022　傳真：+886-2-2915-6275

出版日期　2020年1月　BOD一版
定　　價　300元

Printed in Taiwan

國家圖書館出版品預行編目

浮雲千山：能言石傳奇之遇見少年包青天 / 葉桑著.
-- 一版. -- 臺北市 : 要有光, 2020.01
面； 公分. -- (要冒險 ; 6)
ISBN 978-986-6992-38-4(平裝)

863.57 108021899

讀者回函卡

感謝您購買本書，為提升服務品質，請填妥以下資料，將讀者回函卡直接寄回或傳真本公司，收到您的寶貴意見後，我們會收藏記錄及檢討，謝謝！如您需要了解本公司最新出版書目、購書優惠或企劃活動，歡迎您上網查詢或下載相關資料：http:// www.showwe.com.tw

您購買的書名：________________________________

出生日期：________年________月________日

學歷：□高中（含）以下　□大專　□研究所（含）以上

職業：□製造業　□金融業　□資訊業　□軍警　□傳播業　□自由業

□服務業　□公務員　□教職　□學生　□家管　□其它_____

購書地點：□網路書店　□實體書店　□書展　□郵購　□贈閱　□其他

您從何得知本書的消息？

□網路書店　□實體書店　□網路搜尋　□電子報　□書訊　□雜誌

□傳播媒體　□親友推薦　□網站推薦　□部落格　□其他__________

您對本書的評價：（請填代號　1.非常滿意　2.滿意　3.尚可　4.再改進）

封面設計____　版面編排____　內容____　文／譯筆____　價格____

讀完書後您覺得：

□很有收穫　□有收穫　□收穫不多　□沒收穫

對我們的建議：________________________________

____

____

____

請貼
郵票

11466
台北市內湖區瑞光路 76 巷 65 號 1 樓
秀威資訊科技股份有限公司 收
BOD 數位出版事業部

....

（請沿線對折寄回，謝謝！）

姓　　名：________________ 年齡：________ 性別：□女　□男

郵遞區號：□□□□□

地　　址：________________________________

聯絡電話：（日）________________（夜）________________

E-mail：________________________________